JN318786

# 特捜指令　射殺回路

（「特捜指令荒鷲 射殺回路」改題）

南 英男

祥伝社文庫

目次

# プロローグ

畳の上では死ねないかもしれない。

男は夜道を歩きながら、脈絡《みやくらく》もなく思った。港区高輪《たかなわ》二丁目の路上だった。

三月上旬のある晩だ。間もなく九時になる。春とは名ばかりで、まだ薄ら寒い。

男は五十四歳で、人権派の弁護士だ。少し先にある古ぼけた賃貸マンションに住んでいる。独身だった。

といっても、ゲイではない。仕事に没頭しているうちに、結婚するチャンスを逸《いっ》してしまったのだ。

過去に幾人かの女性と恋愛をした。だが、なぜか結婚までには発展しなかった。仕事優先の生き方に、交際相手たちは不安を覚えて遠のいてしまったのだろう。

男が弁護士を志《こころざ》したのは、高校生のころだった。

級友の父親が殺人容疑の濡衣《ぬれぎぬ》を着せられたことで、自分を陥《おとしい》れた友人を撲殺するという哀《かな》しい事件があった。男はクラスメイトの父親に同情した。

報復殺人に走った短絡的《たんらくてき》な行為はよくないが、理性を忘れた気持ちはわからなくない。男はその事件をきっかけに、過去の冤罪《えんざい》を調べてみた。ずさんな捜査によって、無実の男女が犯罪者として起訴されたケースは少なくなかった。

幼いころから人一倍、正義感の強かった男は義憤《ぎふん》に駆られた。そのことが職業選択の原動力になった。

男は勉学にいそしみ、二十四歳で晴れて弁護士になった。居候《イソ》弁護士《ベン》時代は刑事と民事裁判の双方をバランスよく手がけていたが、初心を貫《つらぬ》くことに専念したくなった。

男はおよそ十年後に独立し、自分の法律事務所を開いた。冤罪と思われる犯罪の弁護を多く引き受けているうちに、〝人権派弁護士〟というレッテルを貼られていた。面映《おもはゆ》かった。

ことさらヒューマニストぶったつもりはないし、妙な気負いもなかった。当たり前のことをしているにすぎない。

刑事事件の弁護活動だけでは、事務所を維持できない。男は一方で、民事裁判の弁護も引き受けていた。社会的に立場の弱い依頼人たちの力になってきた。

男は、弁護費用を強く請求できない性質《たち》だった。そんなことで、経済的にはあまり豊かではない。

世間では弁護士は高額所得者ばかりと思われているようだが、それは誤解だ。確かに検事出身の遣《や》り手《て》の大物弁護士は一流企業の顧問になって、億単位の年収を得ている。十億円以上稼ぐ国際弁護士も存在する。

しかし、そうした同業者はごく一握りにすぎない。弁護士の平均年収は六百数十万円だ。地方の若手弁護士の中には、生活保護を受けている者さえいる。

男も決して裕福ではなかった。それでも、精神的な充足感はあった。

ただ、勝訴できなかった場合は依頼人に無能呼ばわりされ、罵倒《ばとう》されたりする。待ち伏せされて、殴打されたこともあった。

逆に犯罪の疑いを晴らしたときは、真犯人や縁者に逆恨《さかうら》みされる。命を狙われたこともあった。

現にいまも子供の親権移譲の提訴《ていそ》をした元人妻の弁護を引き受けたとたん、元夫が事務所に脅迫電話をかけてきた。その人物は悪質なリフォーム業者で、暴力団関係者と交友がある。危険人物だ。

民事訴訟《そしょう》で、原告側の弁護士を快《こころよ》く思わない関係者は多かった。提訴を取り下げさせろと弁護士に迫《せま》る者もいる。

男は、投資詐欺に引っかかった高齢者たちの提訴にも力を貸していた。国選弁護士としても、貧しい容疑者たちの支援をしている。ことに冤罪と思われる事件には力を注《そそ》いでいた。

そうしたケースでは、真相を暴《あば》かれたくない真の加害者と関わりのある者たちがさまざまな形で弁護活動の妨害をしてくる。知り合いの熱血弁護士は、真犯人に雇われた流れ者に日本刀で斬殺されてしまった。

自分も同じ目に遭《あ》わされるかもしれない。そう思うと、やはり心穏《おだ》やかではなかった。だからといって、事実を曲げるようなことはできない。

そんなことをしたら、法律家失格だ。それ以前に、人間として問題だろう。

左手に馴染《なじ》みのコンビニエンスストアの灯《ひ》が見えてきた。

夕食は、事務所で菓子パンを二個食べたきりだ。夜食にカップ麺《めん》か、弁当を買っておく気になった。翌日の朝食用に食パンとヨーグルトも必要だ。

男はコンビニエンスストアに入り、手早く買物を済ませた。店を出て、自宅に急ぐ。

自分の塒《ねぐら》の少し手前で、男は背後から声をかけられた。

「おたく、弁護士だよな？」

「そうですが……」

男は振り返った。ハーフコートを羽織《はお》った相手が、ポケットから何か取り出した。拳銃だった。暗くて型《タイプ》まではわからない。

「道岡《みちおか》だな？」

「そうだが、わたしを拉致《らち》するつもりなのか⁉」

「外れだ」

「まさか撃ち殺す気じゃ……」

弁護士の舌は縺《もつ》れた。

その直後、乾いた銃声が連続して轟《とどろ》いた。吐き出された銃口炎《マズル・フラッシュ》は、橙《だいだい》色がかった赤だった。人権派弁護士は被弾し、棒のように後方に倒れた。

# 第一章　熱血弁護士の死

## 1

気分は最高だ。

何かの弾《はず》みで体が密着するたびに、胸がときめく。まるで青春時代に逆戻りしたような心持ちだった。

荒巻勇也《あらまきゆうや》は、京都の河原町通《かわらまちどおり》を三上由里菜《みかみゆりな》とそぞろ歩いていた。

五月上旬のある昼下がりだ。空は青く澄みわたっている。頬《ほお》を撫《な》でる微風も心地よい。

三十三歳の荒巻は、警察庁採用の有資格者《キャリア》である。職階は警視正だ。荒巻は去年の十一月まで、青梅《おうめ》署の副署長を務《つと》めていた。

いま現在は、警視庁刑事総務課の一課員に過ぎない。といっても、別に職務でしくじって降格されたわけではなかった。

荒巻は形だけ刑事総務課に籍を置きながら、超法規捜査に携《たずさ》わっていた。いわば、特捜刑事である。

特捜指令が下《くだ》されなければ、毎日が非番だった。捜査中も登庁する必要はなかった。

荒巻は同《おな》い年のキャリア刑事の鷲津拓《わしづたく》とコンビを組み、狡猾《こうかつ》な犯罪者を非合法捜査で追い込んでいる。鷲津とは京陽《けいよう》大学附属幼稚舎時代からの腐れ縁だった。

荒巻は硬派な熱血漢だが、鷲津はくだけた無頼漢だ。遊び好きで、法やモラルは少しも気にしていない。

性格や人生観はまるで異《こと》なるが、二人は親友同士だった。荒巻たちは、〝荒鷲〟コンビと呼ばれていた。

コンビに特捜指令を下しているのは、田代輝行《たしろてるゆき》警視総監である。

五十六歳の田代も、国家公務員試験Ⅰ種をパスした有資格者《キャリア》だ。いわゆる警察官僚だが、出世欲の塊《かたまり》ではない。その精神は青年のように若々しく、本気で犯罪の撲滅《ぼくめつ》に腐心《ふしん》していた。

だが、法律には限界がある。残念なことに、万人に平等とも言いがたい。

現に権力や財力を握った政治家、財界人、エリート官僚、闇《やみ》社会の首領《ドン》たちは法の網《あみ》を巧《たく》みに潜《くぐ》り抜け、罰《ばつ》を免れている。

権力者たちを敵に回したら、怖《こわ》い目に遭《あ》うことは間違いない。そうだからといって、警察や検察が実力者の圧力に屈《くつ》してしまったら、法治国家の名が泣く。民主社会の崩壊だ。

田代警視総監はそのことを憂《うれ》え、自分と同じ考えを持つ警察庁の漁慎一《すなどりしんいち》長官とポケットマネーを出し合って、超法規捜査機関を極秘に創設したのである。去年の十一月のことだ。

別段、組織名があるわけではない。法務大臣や国家公安委員会の承認は受けていなかった。あくまでも闇の特捜チームだ。

メンバーは荒巻と鷲津の二人しかいない。ただし、同調者は多かった。道府県本部長の大半が田代や漁のシンパだった。そんなこともあって、荒巻たち二人の違法行為や越権《えつけん》捜査は警視総監と警察庁長官がすべて揉《も》み消してくれていた。

したがって、〝荒鷲〟コンビの二人が逮捕されたり、懲戒免職になることはなかった。また、荒巻たちが密《ひそ》かに抹殺《まっさつ》した極悪人の死体は別働隊が速《すみ》やかに片づけてくれている。

特捜任務は命懸《が》けだ。常に死と背中合わせで、二人とも幾度も命を落としかけた。怪我《けが》は数え切れない。

荒巻と鷲津は正規の俸給のほかに、一件に付き五百万円の危険手当を貰《もら》っている。

この半年で、二人は二件の難事件を解決し、首謀者を水面下で裁いた。すでに一千万円の危険手当を得ている。

捜査費に制限はなかった。アジトに使っている六本木の古い洋館の地下室には、各種の拳銃、自動小銃、短機関銃《サブマシンガン》、手榴弾《しゅりゅうだん》、ロケット・ランチャー、小型対人地雷、非致死性手榴弾《スタングレネード》などが保管されている。

場合によっては、田代や漁の協力者である防衛省幹部がこっそり戦闘型ヘリコプター、戦車、小型ミサイルなどを調達してくれる手筈《てはず》になっていた。

さらにコンビの二人には、特別仕様の覆面パトカーが与えられている。荒巻はオフブラックのフーガ、相棒の鷲津は暗緑色《あんりよくしよく》のジープ・チェロキーを使っていた。どちらの車にも警察無線だけではなく、車輛《しやりよう》追跡装置が搭載《とうさい》されている。

「始発で京都に来てくれて、ありがとう。わたし、とっても嬉《うれ》しかったわ」

由里菜が歩きながら、笑顔で言った。

「一時間でも長く一緒にいたかったもんでね」

「誰と？」

「いじめないでくれよ。言わなくても、わかってるはずだがな」

「ごめんなさい。ちょっとからかってみたくなったの」

「まいったな」

荒巻は頭に手をやった。

二十七歳の由里菜は、新大阪テレビ報道部の記者である。知的な面立《おもだ》ちの美人だ。鎌倉育ちで、都内の私大を出ている。

関西のテレビ局に入社したのは、五年前の春だ。それを機に由里菜は親許を離れ、大阪で暮らしている。彼女と知り合ったのは、去年の十一月の下旬だった。警察庁監察官殺害事件の捜査中に偶然、由里菜と接触したのだ。

その事件の引き金は、新幹線新駅の用地買収に絡《から》む汚職だった。そのことを嗅《か》ぎつけた凄腕《すごうで》の元監察官が帰宅途中に撲殺《ぼくさつ》され、その友人である京都タイムズ社会部部長も自宅マンション近くで無灯火の車に轢《ひ》き逃げされて先々月まで昏睡《こんすい》状態にあった。

その人物は、由里菜の母方の叔父だった。室塚達史《むろづかたつふみ》という名で、いま現在は職場に復帰している。

荒巻たちコンビが入院中の室塚を訪ねたとき、病室で姪《めい》の由里菜と鉢合わせした。その後も極秘捜査中に美しい報道記者と聞き込み先で顔を合わせ、情報を提供してもらったりした。そんな経緯《いきさつ》があって、荒巻は由里菜となんとなく親しくなったのである。

とはいえ、まだ清い間柄だ。由里菜は少し勝ち気だが、聡明《そうめい》で容姿に恵まれている。一般の男なら、たちまち彼女に心を奪われるだろう。

だが、荒巻は由里菜にひと目惚《めぼ》れはしなかった。彼は思春期のころから、美人を敬遠してきた。異性にちやほやされる美女は自惚《うぬぼ》れが強く、性格に何か難があるという思い込みがあったからだ。

実際、鼻持ちならない美人が少なくない。相手がどんなに綺麗《きれい》でも、厭味《いやみ》な性格には目をつぶれない。そんな理由で、荒巻は外見は平凡でも、思い遣《や》りのある女性に憧《あこが》れてきた。

荒巻自身はハンサムで、背も高い。美人に言い寄られることは少なくなかった。

しかし、彼女たちは一様《いちよう》に中身が薄っぺらだった。他人に対する気配りも足りない。そのせいで、いつしか〝美人は性格ブス〟という先入観が根づいてしまったのだ。

だが、由里菜は違うようだった。容姿、知性、人柄と三拍子、揃《そろ》っている。この三月に彼女はわざわざ東京まで会いに来てくれ、自分に好意を懐《いだ》いていることを打ち明けた。荒巻はそれに勇気づけられ、由里菜を特別な異性と意識するようになっていた。

京都駅構内で落ち合ったのは、午前九時前だった。

由里菜の案内で左京区の南禅寺《なんぜんじ》や永観堂《えいかんどう》を巡《めぐ》り、若王子《にゃくおうじ》神社から銀閣寺《ぎんかくじ》まで連《つら》なる哲学の道を散策して、下鴨《しもがも》神社近くの京料理店で昼食を摂《と》った。それから、二人は河原町通に来たわけだ。

「後《あと》で、叔父に会ってね。どうしても荒巻さんに会って、殺された友人の事件を解決してくれたことに謝意を表したいと言ってるのよ」

「会うことはいいんだが、極秘捜査のことを話すのは……」

「わかってるわ。叔父の室塚には、あなたたち二人は只《ただ》の刑事じゃないと話してあるから、あれこれ詮索《せんさく》はしないはずよ」

「そういうことなら、別に問題はないな」

「叔父は、わたしが夢中になりかけてる男性を直《じか》に見たいんだと思うわ」

「要するに、おれは品定めをされるわけだ？」

「叔父が少しでも荒巻さんのことを悪く言ったら、わたし、縁を切ってもいいわ」

「オーバーだな」

「叔父は、似合いのカップルだと言うに決まってる。だから、もっと自信を持って」

由里菜が言って、ごく自然に腕を絡《から》めてきた。荒巻は少しどぎまぎしたが、むろん悪い気はしなかった。

由里菜が短い悲鳴をあげたのは、交差点の数十メートル手前だった。彼女のハンドバッグを引ったくった七十代半《なか》ばと思《おぼ》しい男が懸命に逃げていく。細身で、小柄だ。服装は、みすぼらしかった。

「犯人を取っ捕まえてやる」

荒巻は語尾とともに走りだした。

引ったくり犯は交差点を左に曲がり、烏丸通《からすまどおり》に向かっている。逃げ足はのろい。

荒巻は舗道をいくらも駆けないうちに、やすやすと犯人を取り押さえることができた。

犯人は、どこか猿に似た面相《めんそう》だった。由里菜のハンドバッグを取り返し、相手の利き腕を捩《ねじ》上げる。

「堪忍《かんにん》や。わし、悪いことはしとうなかったんやけど、何か食べんと死んでしまうかもしれん思うたから……」

引ったくり犯の老人が喘《あえ》ぎ喘ぎ弁解した。

「警視庁の者だ。京都には私用でたまたま来てたんだよ」

「悪いことはでけんな。選《よ》りに選って、お巡りさんの連れのハンドバッグを狙《ねろ》うてしもうたんか。ほんま、わしはツイてへんわ」

「なんで、引ったくりなんかする気になったんだ?」

「コンビニで、菓子パンか即席麵《めん》を買う小銭が欲しかったんや。わしな、もう丸二日、何も食べてへんねん。ひもじゅうて、死にそうや。人助けや思うて、五百円恵んでくれへん？」

「何か事情がありそうだな」

荒巻は相手の右腕を放し、体を向き直らせた。老人の前歯は、数本しか残っていなかった。無精髭《ぶしょうひげ》が哀《あわ》れさを誘う。

「まず名前から教えてもらおう」

「粟口勘助《あわぐちかんすけ》いいまんねん。満七十四歳や。仕事はしてまへん」

「現住所は？」

「東山区五条にある洛東荘《らくとうそう》いう古いアパートで独り暮らししてますねん」

「家族は？」

荒巻は畳みかけた。

「二十八年前に離婚してから、ずっとわしはひとりやねん。ひとり娘は、別れた女房が引き取ったんですわ」

「そう」

「わし、六十六まで元気で左官職人やっとったんや。けどな、現場で足場踏み外してもうて、腰と大腿部《だいたいぶ》の骨を折ってん。左脚にはジョイント金具が入っとるんで、左官の仕事ができんようになってしもうてね」

「どうやって喰《く》ってるんだい？」

「恥ずかしい話やけど、生活保護費を支給してもろて、ずっと喰い繋《つな》いできたんや。けどな、先々月、急に支給が打ち切られたんですわ」

「なんで、また？」

「わしの親兄弟はとうの昔に亡《な》くなってるんやけど、会《お》うたこともない遠い親類の中に資産家がおるいう理由で、生活保護費が貰《もら》えなくなってん。東山区役所の福祉課の人に顔も知らん相手に生活援助は頼めんと何遍《なんべん》も言うたんやけど、まともに取り合ってくれはりませんでしたのや」

栗口と名乗った老人が長嘆息《ちょうたんそく》した。

荒巻は慰《なぐさ》めようがなかった。デフレ不況が長期化すると、生活保護費を圧縮する動きが強まった。財政上の制約に加え、社会保障の現場にまで自己責任を求める風潮が高まったせいだ。

生活保護制度は、健康で文化的な最低限度の生活を営《いとな》めない国民を経済的に支援する趣旨で一九五〇年に導入された。生活費、住宅費、教育費、医療費など八種類の扶助《ふじょ》がある。

東京都を例に引くと、三十代夫婦に未就学児がひとりいた場合、生活費として支給される月標準額は約十四万三千円だ。

受給世帯は年ごとに増え、昨年度の生活保護費総額は三兆六千億円に達した。受給世帯は百六十万近い。

生活保護費が膨《ふく》らんだ背景には、失業者や高齢者数の増加がある。国が生活保護費を削減したくなる気持ちもわからなくはないが、社会的弱者を切り捨てることは問題なのではないか。それに支給基準が曖昧《あいまい》で、必ずしも公平とは言えない。

栗口の腹の虫が音高く鳴った。

その直後、由里菜が走り寄ってきた。彼女は栗口を睨《にら》みつけた。憤《いきどお》りと軽蔑《けいべつ》の入り混《ま》じった眼差《まなざ》しだった。

「お嬢はん、勘弁してや。わし、飢え死にしとうなかったんで、おにぎりかサンドイッチを買う金が欲しかってん」

「息子さんのお嫁さんと派手な喧嘩《けんか》でもして、家に居づらくなったのね？」

「そうやないんや」

栗口が悲しそうな目をした。荒巻は由里菜にハンドバッグを渡し、引ったくり犯の話を手短に伝えた。

「ひどいことを言う職員がいるもんね。情《じょう》がなさすぎるわ。おじさん、担当職員の名は？」

由里菜が早口で問いかけた。どうやら義憤を覚えたらしい。

「桑原《くわばら》いう男や。四十七、八やろか」

「わたしがそいつに談判してあげる。おじさん、これから一緒に東山区役所に行こう」

「わしのしたこと、赦《ゆる》してくれるんか？」

「ええ、水に流すわ」

「あんたは、ええ女性《ひと》や。観音《かんのん》さまみたいやな。恩に着るで」

粟口が拝む恰好《かっこう》をした。荒巻は由里菜に顔を向けた。

「区役所に行く前に、おじさんに何か食べさせてやろう」

「そうしましょうか」

「よし、話は決まった」

二人は、粟口を路地の奥にある大衆食堂に導《みちび》いた。客の姿は疎《まば》らだった。

荒巻は粟口を隅のテーブル席につかせ、自分も椅子《いす》に腰かけた。

「すぐに戻ってくるわ」

由里菜が荒巻に言って、店から慌《あわ》ただしく出ていった。

「なんでも奢《おご》るから、腹一杯喰ってくれよ」

「おおきに。歯が何本も欠《か》けてるさかい、食べやすい煮魚《にざかな》定食をご馳走《ちそう》になるわ」

「単品で、刺身の盛り合わせを頼みなよ」

「定食だけで充分や」

「そう」

荒巻は、店の女性従業員に鰈《かれい》の煮付け定食とコーラを注文した。ドリンクは自分の分だった。

待つほどもなく定食とコーラが運ばれてきた。栗口はすぐさま箸《はし》を手に取って、煮魚と切り干し大根を交互に口に運んだ。喉《のど》を鳴らしながら、ご飯を掻《か》き込む。

やがて、栗口は食べ終えた。

雑談を交わしていると、由里菜が店に戻ってきた。両手にスーパーマーケットの黄色いビニール袋を提《さ》げている。

「これ、わたしからの差し入れよ。冷凍食品、缶詰、お菓子、日用雑貨品を適当に買ってきたの」

「あんたは、ほんまに観音さまや」

栗口が感涙にむせた。由里菜は面映《おもはゆ》そうだった。

荒巻は、弱者に心優しい由里菜に一段と好感を覚えた。さりげなく立ち上がって、手早く勘定を払う。

大衆食堂を出た三人は、タクシーで東山区役所に向かった。十分そこそこで、目的の場所に着いた。

福祉課に直行し、担当職員の桑原に面会を求める。現われた桑原は、生真面目そうな中年男だった。荒巻は粟口の知人の振りをして、生活保護費の再支給をしてくれるよう掛け合った。だが、桑原は財政が苦しいことをくどくどと並べたてた。

すると、黙って遣《や》り取りを聞いていた由里菜がハンドバッグの中から記者証を摑《つか》み出し、桑原の目の前に突き出した。

「以前ね、大阪の極道たちが何人も生活保護費を無条件で支給させてた事実を取材したことがあるの。その連中は申請書類を提出するとき、わざと窓口の職員に小指の欠けた手を見せたり、刺青《いれずみ》をちらつかせてたのよ。そしたらね、すぐに書類は受理されたわ」

「京都府はフェアに審査してますよ」

「そこまで言い切っちゃってもいいの？　わかったわ。明日からカメラクルーを連れて、この窓口を半月ほど取材させてもらいます。その間に、極道がひとりぐらいは生活保護費支給の申請に来るでしょうからね」

「そ、そういうことは困ります」

「栗口さんの生活保護費が再支給されるまで、取材しつづけるわ」

「ちょっとお待ちください。いま、上司の指示を仰《あお》ぎますんで」

桑原が焦《あせ》った様子で、奥の席に走った。

「やるね」

荒巻は小声で由里菜に言った。

由里菜が肩を竦《すく》めた。それから間もなく、桑原が窓口に戻ってきた。

「上司と相談した結果、栗口さんには再支給することになりました」

「よかった。それじゃ、後《あと》はよろしく！」

由里菜が立ち上がって、栗口の肩を軽く叩《たた》いた。栗口は荒巻と由里菜を交互に見て、また目を潤《うる》ませた。

荒巻は由里菜と一緒に区役所を出て、タクシーで京都タイムズ本社に向かった。ワンメーターの距離だった。

二人は受付ロビーに入った。由里菜が名乗って、叔父の室塚に面会を求めた。受付嬢は社内電話をかけ終えると、荒巻たちにロビーの奥にある来客用ソファを勧《すす》めた。

二人はソファセットに歩《ほ》を進め、並んで腰かけた。
五、六分待つと、エレベーターホールから室塚が歩いてきた。ダンディーな印象を与える。入院中よりも若く見えた。

荒巻は立ち上がって、自己紹介した。

「京都府立医大病院に入院中に病室にお邪魔したんですが、室塚さんは昏睡状態でしたので……」

「そのことも、姪の由里菜から聞きました。あなたと鷲津という方の極秘捜査のおかげで、旧友の海老原《えびはら》も成仏《じょうぶつ》できたと思います。遺族に代わって、お礼申し上げます。どうぞお掛けになってください」

「はい」

荒巻は室塚と相前後して、ソファに腰を沈めた。

「一連の事件の黒幕だった国交省の港湾局局長は、姪が新大阪テレビでスクープした直後に失踪《しっそう》して、未《いま》だ消息がわからないようですね」

室塚が言った。荒巻は狼狽《ろうばい》しそうになったが、すぐに平静さを装った。

「未確認なんですが、例の事件の首謀者は国外逃亡したようなんですよ」

「そうなの？」

由里菜が口を挟んだ。訝《いぶか》しげな表情だった。

黒幕を闇に葬《ほうむ》ったのは、〝荒鷲〟コンビである。いくら由里菜と恋仲になりそうな気がしていても、特捜指令のことを明かすわけにはいかない。

「東南アジアか、南米に潜伏してるのかもしれないな」

「荒巻さん、何かわたしに隠してない？」

「いや、別に」

「なんか怪しいのよね」

「考えすぎだって」

「由里菜、あんまり詮索《せんさく》するもんじゃない。世の中には、知らないほうがいいこともあるもんさ」

室塚が言い諭《さと》した。由里菜が無言でうなずく。荒巻は安堵《あんど》した。

「それはそうと、夕方になれば、体が空くんだ。二人を老舗《しにせ》料亭でもてなしたいと思ってるんだが、由里菜、どうだろう？」

「せっかくだけど、次の機会にご馳走になるわ。きょうは、荒巻さんにわたしの手料理を食べてもらいたいの」

「そういう魂胆《こんたん》があったわけか。それじゃ、野暮な真似《まね》はしないよ」

「叔父さんは空気が読めるから、わたし、大好き！」

「調子がいいな」

「わたしたち、お似合いでしょ？」

「そうだな。荒巻さんにプロポーズしてほしかったら、せいぜい女っぽいとこもあることを強調するんだな」

室塚がすっくと立ち上がり、大股《おおまた》で遠ざかっていった。

荒巻たちは表に出た。すぐに由里菜がタクシーを拾った。

案内されたのは、東淀川《ひがしよどがわ》にある彼女の自宅マンションだった。部屋は十階にあった。間取りは１ＤＫだ。

「実は昨夜《ゆうべ》、食材を買い込んでおいたの。オリジナルの手料理をこしらえるから、適当に寛《くつろ》いでて」

由里菜はエプロンをつけると、調理台の前に立った。荒巻はダイニングテーブルに向かって、出されたコーヒーをゆったりと啜《すす》った。

手料理が食卓に並んだのは、夕方だった。和洋折衷《せっちゅう》のメニューで、彩《いろど》りは悪くない。

二人はワインを傾けながら、料理をつついた。どれも絶妙な味付けで、美味だった。

「どうしても今夜中に東京に戻らなければならないわけじゃないんでしょ？」

二杯目のワインを飲み干すと、由里菜が唐突《とうとつ》に問いかけてきた。

「ああ、それはね」

「だったら、わたしの部屋に泊まれば？」

「えっ⁉」

「荒巻さんのこと、もっともっと知りたいのよ」

「いいのかな？」

「女に恥をかかせないで」

「わかった。それじゃ、泊めてもらうよ」

二人の視線が熱く交わった。

ちょうどそのとき、荒巻の懐《ふところ》で携帯電話が鳴った。携帯電話を取り出し、ディスプレイに目を落とす。

発信者は田代警視総監だった。

「急な話なんだが、今夜十時に六本木の例のレストランに来てほしいんだ」

「特捜指令の招集ですね？」

「そうだ。なんだか声のトーンが落ちたようだが、どうしても外せない用事でもあるのかな？」

「いいえ、別に」

「そうかね。後で、鷲津君にも呼び出しをかける」

「わかりました」

荒巻は電話を切った。ほとんど同時に、由里菜が口を開いた。

「職務の緊急招集だったみたいね？」

「そうなんだよ。いい夜にしたかったんだが、東京に戻らなきゃならなくなったんだ」

「職務なら、仕方ないわね。でも、もう少し一緒にいたいわ」

「時間ぎりぎりまで、きみのそばにいるよ」

荒巻はワイングラスに手を伸ばした。

2

ピアノソロに入った。

ステージの若い黒人ピアニストは、いかにも愉《たの》しげに全身をスイングさせている。

奏《かな》でる旋律は都会的で洗練されていた。ビル・エヴァンスのピアノサウンドにどこか似ている。

まだ二十代のピアノトリオだが、そのうち大化《おおば》けしそうだ。

鷲津拓《わしづたく》はそう思いながら、ロングピースを深く喫《す》いつけた。ベーシストもドラマーも、アフリカ系アメリカ人だった。

青山にある『ブルーノート東京』だ。ニューヨークの名門ジャズクラブの唯一の海外支店である。ハービー・ハンコック、ウェイン・ショーターなど世界に名だたる一流アーティストが出演している。

「お客さんは大人ばかりね。わたしまで、なんだか成長したような気がするわ」

同席している荒巻綾香《あやか》が興奮気味に言い、ピアニストの指先に見入った。親友の妹である。

綾香は二十四歳で、東日本女子大学の大学院生だ。修士コースで、児童心理学を専攻している。鷲津は綾香に強くせがまれ、数日前に店に予約をしておいたのだ。荒巻の妹と二人だけで会うのは、なんとなく気が重かった。綾香が自分に恋情を燃やしていることを知っていたからだ。

鷲津は小等部のころから、ちょくちょく荒巻の実家に遊びに行っていた。綾香のことは、生まれたときから知っている。彼女は幼少時代から、兄の友人である鷲津を慕《した》ってきた。

成人した綾香は、間違いなく美人の部類に入る。頭も切れるし、気立てもいい。

だが、鷲津は彼女を一度も異性として意識したことはなかった。綾香はデートをしているような気分でいるようだが、彼は単なる引率者だと思っている。

「わたしね、昨夜《ゆうべ》はあまり眠れなかったの。長年の想《おも》いがやっと叶《かな》ったことが嬉しくてね」

「ちょっと待ってくれ。そっちをこの店に案内したが、きょうはデートなんかじゃないんだぞ」

「どうして拓さんは、わたしに冷たいの？」

「荒巻《アラ》の妹に冷たくした覚えはないがな。毎年、誕生プレゼントを渡してきたし、夏休みには海や高原にも連れていってやったじゃないか」

「でも、いつも兄と三人だったわ。わたし、中二のころから、拓さんに熱を上げてたのよ。だけど、一度も二人っきりでは会ってくれなかったわ」

「年齢が違い過ぎるよ。そっちは、おれよりも九つも下なんだ。それに、よちよち歩きの時分から知ってる娘《こ》なんだぜ」

「誰だって、生まれてすぐに大人になるわけじゃないわ」

　綾香が頰を膨《ふく》らませ、カクテルグラスを持ち上げた。白っぽいスーツを着込み、念入りに化粧をしている。美しかった。

「荒巻《アラ》と違って、おれはいい加減な男なんだ。酒やギャンブルに目がないし、女にもだらしがない。そのことは、兄貴から聞いてるよな?」

「うん、聞いてる。拓さんがいろんな女性とつき合ってきたのは仕方がないことだと思ってるわ。だって、あなたは危険な香りを漂《ただよ》わせてるけど、とっても魅力があるもの」

「まだ小娘だから、男を見抜く力が備《そな》わってないんだな」

鷲津は微苦笑《びくしょう》して、煙草《たばこ》の火を揉《も》み消した。

「わたし、もう子供じゃないわ。大学のときの友達の中にはママになった女性《ひと》もいるのよ」

「二十四の女は、まだレディーの予備軍さ。二十代の後半にならなきゃ、大人の女とは言えないな」

「二十七、八になったら、わたしだけを見守ってくれる?」

「もう酔ったのかい?」

「わたし、酔ってなんかいないわ。本気で、拓さんの彼女になりたいと思ってるの」

「弱ったな」

「せっかく素敵なジャズクラブに連れてきてもらったんだけど、どこか静かな店でしみじみと飲みたいわ」

「演奏中に帰るのは、マナー違反だよ」

「ええ、そうね。ステージが終わってからでいいの」

「わがままなお嬢さんだ」

「そんな言い方、いや！　綾香と呼んで」

「荒巻《アラ》は少し妹を甘やかしすぎたようだな」

「兄は、いつも説教ばかりしてるわ。なんかうざくって」

「そんなことを言ってると、いまに罰《ばち》が当たるぞ」

「かまわないわ」

「荒巻《アラ》は、妹思いのいい兄貴だよ。年齢《とし》の離れた妹だから、保護者みたいな気持ちでいるんだろうな」

「それが重いの。わたしの行動が危なっかしく思えるんだろうけど、拓さんのことは早く諦《あきら》めたほうがいいだなんて、兄妹愛《きょうだいあい》が薄すぎるわ」

綾香が言って、アレキサンダーを一気に呷《あお》った。

残酷なようだが、今夜、引導《いんどう》を渡したほうがいいだろう。鷲津はスコッチ・ウイスキーのロックを傾けた。

ライブ演奏が終わったのは、数十分後だった。ステージの照明が落とされた。

鷲津は目顔《めがお》で綾香を促《うなが》し、腰を浮かせた。

ジャズクラブを出たのは、午後八時前だった。店は青山学院大学に隣接している。

「楡家《にれけ》通りの少し手前にカウンターバーがあるんだが、そこでいいよな？」

鷲津は先に歩きだした。綾香がじきに肩を並べた。

二人は骨董《こっとう》通りを突っ切り、数百メートル歩いた。鷲津は馴染《なじ》みの酒場に荒巻の妹を案内した。

客の姿はない。元舞踏家の五十年配のマスターが乾いた布でグラスを拭《ふ》いていた。BGMはエンヤだった。澄んだ歌声が心に沁みる。

鷲津たち二人はカウンターの右端に落ち着き、どちらもウイスキーの水割りをオーダーした。つまみは、スモークド・サーモンとレーズンバターを選んだ。

酒とオードブルを供すると、マスターはさりげなく遠ざかった。

気を利かせたつもりなのだろう。もともと無口なマスターだが、その場の空気を敏感に読み取ることに長《た》けていた。

「ここなら、ゆっくりと話ができるわ」

綾香が満足そうに呟《つぶや》いた。鷲津は曖昧にうなずいて、煙草をくわえた。

「ある作家がエッセイの中で『女には、真のロマンティストはひとりもいないだろう』なんて自信たっぷりに書いてたけど、わたし、その説にはうなずけないわ。拓さんは、どう思う？」

「一般論だが、確かに女はリアリストだよな。そうじゃなきゃ、子を産《う》んで育てることはできないんだろう」

「確かに男よりも女のほうが逞《たくま》しいわよね。でも、誰もが強《したた》かで勁《つよ》いわけじゃないと思うの。一生、ロマンティックに生き抜く女性もいるはずよ」

「何事にも、例外はあるからな」

「わたしね、人間は恋愛をするために生まれてきたと思いたいの。人生の目的が富や名声を得ることだとしたら、なんか虚《むな》しいでしょ？」

「虚しい？」

「ええ。そうしたものを手に入れられても、心の充足感を得られるとは限らないわけだから」

「ああ、それはそうだな」

「だけど、いい恋愛をすれば、この世に生まれたことを感謝したくなるはずよ。日々の張りにもなるだろうしね。別に恋愛至上主義者ってわけじゃないけど、誰かに命懸《が》けで恋することが人間を最もハッピーにさせるんじゃない？」

「まだ若いな。人の心は不変じゃない。永遠《とわ》の愛なんて幻想さ。五年、十年と持続する恋愛はあるがね」

「それって、哀《かな》しくない？　男と女が本気で愛を紡《つむ》ぎつづけてれば、死が二人を別《わか》つまで……」

「そういうカップルが一組も存在しないとは言わないが、きわめて稀《まれ》だろうな。生身の人間同士が裸の心を晒《さら》し合えば、当然、軋轢《あつれき》が生まれる」

「でしょうね。二人の生き方や考え方が異《こと》なるわけだから、感情が擦《す》れ違ったりすると思うわ。だけど、その溝《みぞ》を埋めるのがお互いの愛情なんじゃない？」

「その通りだが、いつも修復できるとは限らない。人の気持ちは少しずつ変わっていくもんだからな」

「拓さんは、恋愛にも賞味期限があると思ってるのね」

綾香が失望したような口ぶりで言い、グラスを口に運んだ。

——小娘はこれだから、疲れるよな。

鷲津は胸底《きょうてい》でぼやき、煙草の火を消した。

「わたし、拓さんなら、一生、愛しつづけられるような気がしてるの」

「恋に恋してる間は、どの女もそう思ってるんだろうな。しかし、愛情なんて脆《もろ》いもんさ。だから、おれは恋愛に多くを求めてないんだ。極端な言い方になるが、お互いの心と体の渇《かわ》きを癒《い》やし合えるだけで、男女の愛は充分なんじゃないか。たとえ二人の関係が数年で終わったとしても、それはそれで仕方ないんじゃないのかな？」

「ずいぶん刹那的《せつなてき》な考え方なのね。そうして、相手を取っ替え引っ替えしていくわけ？」

「結果的には、そういうことになるな」

「そんなのは、前向きじゃないわ。戯《たわむ》れに近い恋愛をたくさん重ねても、虚しいだけなんじゃない？」

「おれは、もともと人の結びつきは儚《はかな》く脆《もろ》いものだと考えてるから、特に虚しいとは感じないよ」

「そうなの」

綾香が口を閉《と》じた。

二人の間に、気まずい沈黙が横たわった。いつの間にか、ＢＧＭは古いシャンソンに変わっていた。シャルル・アズナブールの曲だった。

鷲津たちは黙々とグラスを重ねた。どちらも、オードブルには手をつけなかった。

先に沈黙を破ったのは、綾香だった。

「よく考えてみたら、わたし、拓さんの自宅マンションに行ったことないのよね。高校生のとき、兄と一緒に上野毛《かみのげ》の実家にはお邪魔したことがあるけど」

「そんなことがあったっけな」

「豪邸なんで、びっくりしたわ。敷地は六百坪もあるんだって？」

「ああ。しかし、土地は父方の祖父《じい》さんが安く購入したものだし、家屋《かおく》は親父が建てたんだ」

「拓さんは次男坊だけど、お兄さんが五歳のときに亡《な》くなってるから、いずれは実家の土地や建物を相続するんでしょ？」

「いや、おれは相続する気なんてない。両親が死んだら、世田谷区に寄贈してもいいと思ってるんだ」

「お坊ちゃん育ちだから、欲がないのね。そういう拓さんって、すごく素敵よ」

「どう反応すればいいのかね？」

鷲津は苦く笑った。確かに家庭環境には恵まれている。父は銀座にオフィスを構える公認会計士で、母親は絵本作家だ。

父方の祖父はすでに故人だが、大手精糖会社の創業者だった。母方の祖父は高名な彫刻家である。そんなことで、鷲津は事故死した亡兄ともども、周囲の大人たちに甘やかされて育った。わがままで、自我が強いのはそのせいだろう。

鷲津は高校生のころから、裕福な家庭で育ったことにある種の後ろめたさを感じていた。実質的には独りっ子だが、社会人になってからは両親とずっと同居していない。都内に実家があるのにわざわざ恵比寿《えびす》のマンションを借りたのは、独立独歩の精神を持っていることを世間にアピールしたい気持ちがあったからだ。

「拓さんの部屋、見てみたいな。間取りは2LDKか、3LDKなんでしょ？」

「狭い1LDKさ。部屋の中が散らかってるから、今度またな」

「お部屋、わたしが片づけてあげる。こう見えても、わたし、掃除は上手なのよ。きれいにしてあげるわ。ね、いいでしょ？」

綾香が言った。有無《うむ》を言わせない口調だった。

──この娘《こ》はおれの塒《ねぐら》に押しかけて、親密な関係になることを望んでるんだな。これ以上、期待を持たせるのは罪つくりだ。

鷲津は何か手を打つ気になった。

「拓さん、お部屋に連れてって」

「荒巻《アラ》に妙な疑いを持たれたくないから、おれの部屋に入れるわけにはいかないよ」

「わたし、拓さんと秘密を共有してもいいと思ってるの」

綾香が伏し目がちに言った。白い頬は赤らんでいる。

「子供が何を言ってるんだっ」

「わたしを小娘扱いしないで。もう大人なんだから」

「明日の昼間、兄貴と一緒に遊びに来い」

「今夜、どうしても行きたいの。拓さんのお部屋を見たら、すぐ帰るわ。それなら、いいでしょ?」

「強引だな。わかったよ。ちょっと待っててくれ」

鷲津はスツールから滑《すべ》り降り、化粧室に入った。

流水コックを捻《ひね》ってから、テンセルの黒い上着の内ポケットに手を突っ込む。鷲津は携帯電話を摑《つか》み出し、広尾に住む女友達に電話をかけた。

宮内《みやうち》まどかという名で、外資系石油会社のOLだった。二十七歳だ。

先月の上旬、西麻布のショットバーで知り合い、その夜のうちに男と女になった。それ以来、鷲津は週に一、二度、まどかと肌を貪《むさぼ》り合っている。

電話が繋がった。

「小娘にまとわりつかれて、ちょっと困ってるんだ」

「悪い男ね」

「そっちには、部屋のスペアキーを渡してあったよな?」

「ええ、預かってるわ」

「恵比寿のおれのマンションに急いで向かってくれないか。それでシャワーを浴びて、バスローブ姿で待っててほしいんだ」

「あなたに夢中になってる娘《こ》にバスローブ姿のわたしをわざと見せて、諦《あきら》めさせようって筋書きなのね？」

まどかが確かめた。

「そう。ちょっと惨《むご》いが、そのほうが当人のためになるだろう」

「女たらしが珍しく殊勝《しゅしょう》なことを言うじゃない？　さては、鷲津さんもその彼女に本気になりかけたのね？」

「そんなんじゃないって。相手は、おれの親友の妹なんだ。それに、まだ二十四なんだよ。そんな小娘を弄《もてあそ》ぶわけにはいかないだろうが」

「二十七の女は弄んでもいいわけ？」

「弄ばれてるのは、こっちだろうが。まどかは最低、三ラウンドはせがむからな」

「だって、あなた、上手なんだもの。だから、何度もおねだりしたくなっちゃうのよ」

「協力してくれたら、たっぷりサービスしてやるよ。頼んだぜ」

鷲津は電話を切ると、また流水コックを回した。トイレを出て、綾香のかたわらに腰を落とす。

「すぐに店を出るんでしょ?」

「いや、もう一杯ずつ飲もう。いま帰ったら、お店は商売にならないからな」

「そうね」

綾香がマスターにお代わりを頼んだ。

二人がカウンターバーを出たのは、数十分後だった。もちろん、勘定を払ったのは鷲津だ。二人は表通りまで歩き、タクシーに乗り込んだ。

十数分で、鷲津の自宅マンションに着いた。

エレベーターで八階に上がり、ドア・ロックを解《と》く。鷲津は玄関ドアを大きく開け、綾香を先に室内に押し入れた。

そのとき、奥から純白のバスローブをまとった女友達が現われた。綾香が口の中で何か叫び、全身を硬直させた。

「拓ちゃんったら、悪い男ね。わたしが来てないと思って、そんな若い娘《こ》を連れ込む気だったんでしょ?」

まどかが聞こえよがしに言った。綾香の目に、みるみる涙が盛り上がった。

「拓ちゃんの女好きはもう病気だから、一生、治らないと思うわ。あなた、拓ちゃんのことは早く忘れなさい」

「あなたは、拓さんの……」

「セックスフレンドってとこかしらね」

まどかが乾いた声で言った。綾香が振り向きざまに、無言で鷲津の頬を平手で打った。

そのまま彼女は部屋から飛び出していった。

――これでいいんだ。

鷲津は自分に言い聞かせ、後ろ手にスチール・ドアを閉めた。

「女を泣かせてばかりいると、いまに刺されちゃうわよ」

まどかが茶化してから、全身で抱きついてきた。彼女は鷲津の唇を吸いながら、股間《こかん》をまさぐりはじめた。

だが、鷲津はいっこうに昂《たか》まらなかった。まどかが焦《じ》れ、鷲津の前にひざまずいた。

チノクロスパンツのファスナーが一気に引き下げられたとき、鷲津の懐《ふところ》で携帯電話の着信音が響きはじめた。

「野暮な電話ね」

まどかが恨《うら》みがましく言って、ゆっくりと立ち上がった。苦笑していた。

鷲津はファスナーを引っ張り上げ、携帯電話を耳に当てた。

「田代だ。今夜十時に六本木の『ミラージュ』に顔を出してくれないか。例の招集だよ」

「了解！　荒巻は京都にいるはずだが……」

「彼には、もう呼び出しをかけてある。指令の内容については、会ったときに教えよう」

電話が切られた。

鷲津は終了キーを押し、携帯電話を折り畳んだ。午後九時を回っていた。まどかと情事に耽《ふけ》るだけの時間はない。

「寝室で待ってるね」

まどかが奥に向かった。

鷲津は靴を脱ぎながら、女友達を追い払う口実を考えはじめた。

3

タクシーを停めさせた。

六本木二丁目の交差点のそばだ。

荒巻は料金を払って、タクシーを降りた。午後九時四十八分過ぎだった。

新幹線で京都から戻り、東京駅でタクシーに乗り込んだのである。別れしなに三上由里菜と短く唇を重ねただけで、慌《あわ》ただしく帰京しなければならなかった。物足りなかった。

きょうばかりは、特捜刑事になったことを呪《のろ》わしく思った。しかし、ぼやいても仕方がない。

荒巻は脇道に足を踏み入れた。

百数十メートル進むと、左側にフレンチ・レストラン『ミラージュ』の軒灯が見えてきた。店舗ビルは三階建てで、シックな造りだった。

ほどなく荒巻は店内に入った。黒服のウェイターに導かれ、二階の個室席に向かう。

奥のコンパートメントでは、田代警視総監と漁《すなどり》警察庁長官が待っていた。二人は並んで腰かけている。相棒の鷲津の姿は見当たらない。

「失礼します」

荒巻は一礼し、田代と向かい合う席に坐った。

「京都でのんびりしたかったんだろうが、悪かったな」

「いいえ。総監、どうかお気になさらないでください。京都には、いつでも行けますから」

「京都の気候は苦手だが、風情《ふぜい》があるし、京料理もうまい。名所巡《めぐ》りをしてたのかな？」

「いいえ、特に目的のない旅だったんです」

「およその察しはつくが、詮索《せんさく》するのは野暮だな」

田代が口を結ぶ。その語尾に漁《すなどり》の声が被《かぶ》さった。

「きみら二人は独身なんだから、いろんな女性と親しくなってもかまわないが、心を許した相手にも非合法捜査のことは決して覚《さと》られないようにしてくれ」

「それは心得てます」

「きみは秘密を厳守してくれるだろうが、鷲津君はちょっと心配だな。彼は少しルーズな面があるからね」

「長官、お言葉を返すようですが、鷲津《ワシ》はアウトローっぽいところがありますが、約束はきっちり守る男です。どんなに酔っても、特捜指令のことを他言するなんてことは考えられません」

荒巻は語気を強めた。

「そうむきにならないでくれよ。別に鷲津君が無責任な奴だと言ったわけじゃないんだから」

「そうなんですが……」

「きみら二人が羨《うらや》ましいよ。京陽の幼稚舎の入園式の日に取っ組み合いの喧嘩《けんか》をしたというのに、いまも仲がいい」

「あいつとは腐れ縁なんですよ。鷲津は照れ隠しに必要以上に悪党《ワル》ぶってますが、心根《こころね》は優しいんです。彼とは幼いころから接してますんで、わたしにはよくわかります。鷲津は屈折《くっせつ》した物言《ものい》いをするから他人に誤解されやすいんですが、好漢そのものですよ」

「それは、わたしも認める。ただ、キャリア刑事が違法カジノに出入りしたり、女性たちと戯《たわむ》れるのは……」

「多分、あいつは遊び人刑事を装って、情報収集に精出してるんでしょう」

「親友を庇《かば》うのか。いいね、いい話だ」

田代が会話に割り込んだ。

「は？」

「こういう世智辛《せちがら》い世の中だから、人と人の結びつきが薄っぺらになってる。しかし、荒巻君と鷲津君は、強い絆《きずな》でしっかりと結ばれてるじゃないか。青臭いと笑われるかもしれないが、友情は大きな財産だよ」

「その通りですね。ですが、わたしも鷲津も友情という言葉が嫌いなんです」

「どうしてなんだね？」

「友情という言葉には何か偽善めいた語感があるからです。愛情も同じだな。これ見よがしの善意や厚意は所詮《しょせん》、まやかしでしょ？」

「ま、そうだろうな」

「死ぬまでつき合いたい相手には、さりげなく寄り添う。そして、決して相手には心の負担をかけない。それが友情や愛情の基本なんじゃありませんか？　きっと鷲津も、そう考えてるにちがいありません」

「いまの話、勉強になったよ」

「おからかいにならないでください」

荒巻は照れながら、居住《いず》まいを正した。

そのとき、上着の内ポケットで携帯電話が振動した。東京駅でタクシーに乗った際《さい》、マナーモードに切り替えておいたのだ。

荒巻はディスプレイを見た。

発信者は妹の綾香だった。両親のどちらかが病気で倒れたのか。

「ちょっと失礼します」

荒巻は田代と漁《すなどり》に断って、急いで個室を出た。通路の奥まで歩き、そこにたたずんだ。

「ちょっといい？」

電話の向こうから、妹の沈んだ声が流れてきた。

「家で何かあったのか？　親父《おやじ》が事故にでも遭《あ》った？　それとも、おふくろが体調を崩したのか？」

「兄さん、落ち着いてよ。父さんも母さんも、元気そのものよ」

「よかった」

荒巻は、ひと安心した。父の徹《とおる》は六十七歳で、かつて経済産業省の事務次官だった。元官僚だが、それほどの堅物ではない。趣味は多く、くだけた一面もある。

母の美鈴《みすず》は六十四歳で、専業主婦だ。両親は綾香と一緒に杉並区内で暮らしている。

「わたしね、拓さんの横っ面《つら》をはたいちゃったの」

「いつ？」

「今夜よ」

「鷲津《ワシ》がおまえをベッドに押し倒したのか？」

「早とちりしないで」

「いったい何があったんだ？」

「いま、話す」

綾香が涙声で経過を語った。

「あいつの部屋にバスローブ姿の女がいたのか⁉」

「そう。その彼女、拓さんのセックスフレンドだと言ってたわ。拓さんが女性にモテることはわかってたけど、わたし、とってもショックだった。それに、すごく惨《みじ》めだったわ」

「だから、何度も綾香に忠告したじゃないか。鷲津《ワシ》を好きになったら、いつか悲しい思いをするってさ」

「うん、そうだったわね。忠告を素直に聞くべきだったのかもしれないな」

「綾香、もう鷲津《ワシ》のことは諦めろ。あいつは女たちがほうっておかないタイプだから、たとえつき合っても、女関係で悩まされつづけるに決まってる」

「でしょうね。失恋のショックは大きいけど、わたし、彼のことは忘れるようにするわ。立ち直るのに、かなり時間はかかると思うけど」

「辛いだろうが、そのほうがいいな」

荒巻は複雑な気持ちだった。ほっとしながらも、どこかで残念がってもいた。

「わたし、逆上して拓さんに平手打ちを浴びせちゃったから、もう彼とは顔を合わせられないわ」

「未練が完全に消えるまで、あいつとは会わないほうがいいな」

「わたしは拓さんと気まずくなっちゃったけど、兄さんは彼と今まで通りにつき合ってよね？」

「もちろん、そうするさ。鷲津《ワシ》とは腐れ縁だし、仕事の相棒でもあるからな」

「それを聞いて、安心したわ」

「綾香、そのうち気晴らしに温泉にでもいくか？」

「兄妹で!?　それ、キモイよ」

「そうかね？　おれは別段、おかしなことじゃないと思うがな」

「わたしの保護者気取りは卒業して、早く自分の彼女を見つけなよ。わたしのことは大丈夫だからさ」

「そうか。人間は何かを失ったときは、必ず別の何かを得てるもんさ。失恋も人生の肥《こ》やしになるはずだよ」

「陳腐《ちんぷ》すぎて、笑う気にもなれないわ」

「そういう憎まれ口をたたけるんなら、あまり心配はなさそうだな」

「うん、平気よ。いろいろ心配かけちゃったけど、ま、勘弁して。そういうことになったから、とりあえず報告まで！」

綾香がことさら明るく言って、通話を打ち切った。

荒巻は、妹が虚勢を張っていることがいじらしく思えた。綾香の切ない気持ちを感じ取っても、いまは何もしてやれない。失恋の痛手が一日も早く癒《い》えることを願うばかりだ。

携帯電話を二つに折り畳み、上着の内ポケットに戻す。

そのすぐ後、相棒が前方から歩いてきた。鷲津はラフな恰好《かっこう》で、トレードマークのサングラスをかけている。

荒巻は鷲津に歩み寄った。立ち止まるなり、先に口を切った。

「いま綾香から電話があったんだ。妹がそっちにビンタを喰《くら》わせたんだって？」

「ああ。綾香ちゃんは呆《あき》れたんだろう。おれの部屋にバスローブ姿の女がいたわけだからさ」

「鷲津《ワシ》、ありがとう！」

「礼を言われるようなことはしてないぞ」

「いや、おまえは屈折した優しさを示したにちがいない」

「どういうことなんだ？」

鷲津が問いかけてきた。

「おまえは予《あらかじ》め知り合いの女性を自宅マンションに待機させといて、わざとバスローブ姿で出てこさせたんだろう？　そこまでやれば、綾香もさすがに白けた気分になる。それを計算に入れた芝居だったんだよな？」

「考えすぎだって。たまたま知り合いの女と綾香ちゃんが鉢合《はちあ》わせしちまったんだ。まどかって女に部屋の合鍵を渡したのは、失敗だったな。惜《お》しいことをしたよ」

「お、おまえ、先客がいなかったら、綾香を抱く気だったのか⁉」

「小娘じゃ物足りないが、据《す》え膳《ぜん》を喰《く》わなかったら、相手に恥をかかせることになるからな」

「きさまって奴は！」

思わず荒巻は右の拳《こぶし》を固めた。だが、すぐに冷静さを取り戻した。

「綾香ちゃん、おれのことを軽蔑《けいべつ》してただろうな」

「鷲津の露悪《ろあく》趣味を知らなかったら、顔面にパンチを叩き込んでたとこだぞ」

「いつでも受けて立つよ」

鷲津がファイティングポーズをとった。

「とことん悪人を演じるつもりか。鷲津《ワシ》、もっとわかりやすく思い遣《や》りを示せよ。それはともかく、妹に引導を渡してくれたことには感謝してる。これで、綾香は鷲津《ワシ》のことを諦めるだろう」

「それは残念だな。遊びでいいなら、いつでも綾香ちゃんとつき合ってもいいと思ってたんだが……」

「また悪党《ワル》ぶりやがって」

荒巻は相棒の肩に腕を回し、一緒に個室に入った。二人は並んで腰かけた。

田代が卓上の呼び鈴《りん》を鳴らし、ウェイターを呼んだ。待つほどもなく食前酒のシェリー酒と前菜が届けられた。いつの間にか、鷲津はサングラスを外していた。

顔立ちは女のように優しい。だが、性格はきわめて男っぽかった。鷲津はぶっきらぼうな喋《しゃべ》り方をするが、別段、威張《いば》っているわけではない。

その証拠に権力や財力に無縁な庶民には決して声を荒らげることはなかった。しかし、凶悪な犯罪者に対しては少しも手加減しない。非情に締め上げ、時には残忍なことも平然と行なう。

四人はグラスを触《ふ》れ合わせ、前菜をつつきはじめた。

頃合を計って、田代警視総監が特捜指令の内容を明かした。

「この三月上旬に高輪署管内で人権派弁護士の道岡斉《ひとし》氏、事件当時、五十四歳が何者かに射殺されたことは二人とも知ってるね?」

「ええ」

荒巻は即答した。かたわらの鷲津が無言でうなずく。

「事件の起こった翌日に本庁《うち》は高輪署に捜査本部を設置し、捜一《そういち》の捜査員十二人が出張《でば》った。しかし、まだ捜査本部《チョウバ》は容疑者の絞り込みにも至っていない」

「確か凶器は中国製のトカレフでしたね?」

「そうだ。ノーリンコ54と呼ばれてる。道岡弁護士は自宅マンション前で至近距離から頭部と胸部に一発ずつ撃ち込まれて、即死状態だった。現場に二つの薬莢《やっきょう》が遺《のこ》されていたが、どちらからも犯人の指紋や掌紋《しょうもん》は検出されなかった」

「手口から察して、殺し屋の犯行《プロ》臭いですね。おそらく犯人は薬莢と弾頭を布できれいに拭《ぬぐ》ってから、弾倉《マガジン》クリップに入れたんでしょう」

「そう考えてもいいだろうな。ほかに犯人の遺留品は見つかっていない。足跡も犯人のものと断定できるものはないんだ」

「犯行現場を目撃した者もいないんですね？」

荒巻は訊《き》いた。

「そうなんだ。中国でパテント生産されたトカレフはノーリンコ54と呼ばれ、十数年前から日本に大量に出回ってる。三、四年前からは、原産国の旧ソ連製の拳銃も密輸されてるな。凶器が珍しい拳銃なら、犯人の割り出しはさほど難しくはないはずだ。しかし、十五万挺《ちょう》も出回ってる拳銃となると、凶器の線からの割り出しは困難だろう」

「ええ、難しいと思います」

「実はね、被害者の道岡弁護士は漁《すなどり》長官の高校時代の一学年後輩なんだそうだ」

田代がそう言い、隣の漁を見た。警察庁長官が大きくうなずいてから、誰にともなく語りはじめた。

「道岡君は高一のころから異端児扱いされ、変わり者とも言われてた。しかし、彼は正義感がきわめて強く、教師の無責任ぶりや愛情の欠落を堂々と非難してたんだ。上級生の理不尽な要求も敢然と突っ撥《ぱ》ねてたな」

「道岡弁護士の高潔《こうけつ》さはメディアを通じて、わたしも知ってます。道岡氏は手弁当で冤罪《えんざい》に泣く人たちを何人も救済し、国家権力と渡り合ってきたんですよね？」

荒巻は言った。

「そうなんだ。道岡君はどんな権力者にも怯《ひる》むことなく、自分の信念を貫《つらぬ》き通した。尊敬すべき男だったよ。ずっと独身を通して、贅沢《ぜいたく》とは無縁の暮らしをしてた。高輪の自宅マンションだって、築四十年以上の老朽化した建物だったんだよ。しかも賃貸で、間取りも2DKだった。確かマイカーも持ってなかったと思う」

「無欲の人だったんでしょうね」

「まさにその通りだったな。クラスメートが雨傘を盗《と》られたら、自分の傘を差し出して、雨の中を走り去るような奴だった。皮肉屋だったから、二人だけで酒を飲むと、なかなか寛《くつろ》げなかったがね。しかし、好人物であることは確かだった。道岡君のような硬骨漢がたくさんいたら、日本もここまでは荒廃しなかっただろう」

「そうかもしれませんね」

「道岡君がわたしの高校の後輩だからというわけじゃないんだが、きみたち二人に事件を早期解決してほしいんだ。社会を少しでもよくしたいと孤軍奮闘《こぐんふんとう》した弁護士の死の真相がうやむやになったら、故人も無念だろうからね」

「わたしも、そう思います」

「鷲津君も、ひと働きしてくれるな」

漁長官が相棒に声をかけた。鷲津がいつになく神妙な表情でうなずく。

「道岡弁護士は射殺される日まで、家庭内暴力《ドメスティック・バイオレンス》に悩まされた末に一年前に離婚した女性がひとり息子の親権を取り戻す裁判の弁護に携《たずさ》わっていたんだ。詳しいことは、この捜査資料に書かれてる」

田代警視総監がそう言い、水色のファイルを卓上に置いた。

荒巻は目礼して、捜査資料を手に取った。高輪署に置かれた捜査本部から取り寄せたものので、鑑識写真や司法解剖所見書も添付されていた。

事件発生日時は、去る三月五日の午後九時過ぎだった。被害者の道岡斉は自宅マンションの近くのコンビニエンスストアで夜食を買い求めた直後、港区高輪二丁目十×番地の路上で何者かに射殺された。

近所の住民が二発の銃声を耳にしているが、犯行の目撃者はいない。被害者の金品は奪われていなかった。

そのことから、捜査本部は怨恨《えんこん》による犯行という見方を強めていた。捜査資料には、被害者が事件前に手がけていた訴訟《そしょう》に関する記述が連《つら》なっていた。

離婚後にひとり息子の親権移譲の提訴《ていそ》をした原告は、安森玲子《やすもりれいこ》という名の三十一歳の女性だった。

玲子は一年前に別れた元夫の岸部春生《きしべはるお》、三十七歳が二歳の長男の淳一《じゅんいち》を引き取ったものの、実家の両親に預けっ放しだった事実を親権放棄《ほうき》と判断し、わが子を自分の手で育てる気になったらしい。提訴理由には、そのことが明記されていた。

岸部は元妻が淳一の親権移譲の訴えを起こしたことに立腹し、玲子にさまざまな厭《いや》がらせを繰り返し、道岡弁護士の事務所にも脅迫電話をかけている。岸部はリフォーム業者で、暴力団関係者とも交友があると調書に綴《つづ》られていた。

――裏社会には、ノーリンコ54が数多く出回ってる。岸部がその気になれば、たやすく凶器を手に入れられるだろう。いや、予断《よだん》は禁物だな。

荒巻は逸《はや》る気持ちを抑《おさ》えて、ファイルをそっくり鷲津に回した。

相棒が紫煙《しえん》をくゆらせながら、じっくりと捜査資料に目を通しはじめた。

「捜査資料を読んだ限りでは、安森玲子の元夫が怪しいんだが、岸部春生にはアリバイがあるようなんだよ」

田代が荒巻に言った。

「そうですか」

「それに手口が鮮やかだから、素人の犯罪とは考えにくい」

「ええ、そうですね」

「捜査資料はあくまで参考として、〝荒鷲〟コンビで白紙から極秘捜査に取りかかってほしいんだ。それで、犯人が救いようのない悪党なら、例によって密《ひそ》かに葬《ほうむ》ってくれないか。その遺体は、いつものように別働隊に始末させる」

「わかりました。このレストランを出たら、アジトの洋館で鷲津とじっくり作戦を練ることにします」

「スピード解決を期待してるぞ」

「全力を尽くします」

荒巻は背筋を伸ばし、田代と漁《すなど》りを等分に見た。

「それじゃ、メインディッシュの仔羊《こひつじ》の胸腺《きょうせん》パイ包み焼きを運んでもらおう」

田代が呼び鈴を掌《てのひら》で叩いた。荒巻はキャビンマイルドに火を点《つ》けた。

喫煙本数は一日に十本程度だ。何かで緊張したときは、たいてい一服したくなる。

荒巻は深く喫《す》いつけ、少しずつ煙を吐きだした。

# 4

通行人の姿は目に留《と》まらない。

道路も狭く、見通しは悪かった。高輪二丁目の事件現場だ。オフィスビル、マンション、一般家屋が混然と並んでいる。

鷲津は路上に立っていた。特捜指令が下《くだ》った翌日の午後一時過ぎだ。

前夜、鷲津は六本木の裏通りに面した古い洋館で相棒の荒巻と再度、捜査資料に目を通した。そして、事件現場付近の聞き込みから極秘捜査を開始することに決めたのだ。

鷲津は正午前から付近の民家やマンションを訪ね回ってみたが、何も手がかりは得られなかった。相棒の荒巻は、被害者の道岡弁護士が買物をしたコンビニエンスストア周辺の地取り捜査に励んでいるはずだ。

鷲津は道端にたたずみ、ロングピースに火を点けた。ヘビースモーカーだった。

煙草を吹かしていると、不意に脳裏に綾香の顔が浮かんだ。見馴《みな》れた笑顔だった。

鷲津は、胸に何か重苦しいものがのしかかってくるのを意識した。それは澱《おり》となって、しばらく胸底《きようてい》に蟠《わだかま》りそうだった。

——よかれと思って施《ほどこ》したショック療法だったが、インパクトが強かったかもしれないな。荒巻《アラ》の妹が男性不信に陥《おちい》らなければいいが……。

鷲津は後味《あとあじ》の悪さを感じつつ、ゆったりと一服した。

煙草の火を靴底で踏み消したとき、荒巻が大股で近づいてきた。向き合うと、彼が無言で首を横に振った。

「こっちも収穫はなかったよ。お互いに無駄骨を折っちまったな」

「初動捜査に間違いはなかったってことを確認できたわけだから、まったくの徒労ってわけじゃないさ。物事はポジティブに考えないとな」

「荒巻《アラ》は優等生だから、何事にも前向きなんだろう。おれは、ロスタイムが忌々《いまいま》しいよ」

「そう言うなって。聞き込みに割《さ》いた時間は、二時間弱なんだ。それより、さっき『高輪コーポラス』の管理会社に電話をして確認したんだが、まだ道岡弁護士の部屋は引き払われてないそうだよ」

「そうか。なら、ちょっと部屋を検《しら》べてみよう。捜査資料になりそうな物は捜査本部に運ばれただろうが、何か見つかるかもしれないからな」

鷲津は先に歩きだした。

二人は四、五十メートル進んで、道岡が住んでいた賃貸マンションの敷地に入った。

エレベーターは設置されていない。鷲津たちは階段を使って、三階に上がった。

被害者が借りていた三〇五号室の青いスチール・ドアは、全開になっていた。室内に誰かいるようだ。

「警視庁の者だが、どなたかいらっしゃるのかな?」

鷲津は玄関先で声をかけた。

ややあって、二十八、九歳の女が現われた。白と黒のストライプの長袖《ながそで》シャツの袖を捲《まく》り上げ、頭にはバンダナを巻いている。下はジーンズだ。

「捜査本部の方々ですね?」

相手が確かめた。鷲津は警察手帳を短く呈示《ていじ》し、自己紹介した。

「われわれ二人は、捜査本部の助っ人要員なんだ。連れは荒巻……」

「捜査が難航してるので、本庁の特別捜査官が応援に駆り出されたんですね?」

「うん、まあ。おたくは、道岡弁護士のお身内の方なのかな?」

「いいえ、違います。わたしは、道岡先生の秘書を務《つと》めていた天童麻美《てんどうあさみ》と申します」

「そうだったのか」

鷲津は言って、荒巻と顔を見合わせた。捜査資料には、弁護士秘書の調書も含まれていた。だが、顔写真までは貼付《ちょうふ》されていなかった。

「あなたのお名前には記憶があります。捜査本部の資料に目を通しましたんでね」

荒巻が穏《おだ》やかに話しかけた。

「そうですか。警察は本気で先生の事件の捜査に取り組んでくれているんでしょうか？」

「あなたは、そうではないと考えてるんですね？」

「ええ、まあ」

「なぜ、そう思われたんです？」

「道岡先生は警察や検察と対立することが多かったから……」

「警察が捜査に私情を挟《はさ》むことはありませんよ。妙な裏なんかありません。殺人事件ですから、犯人逮捕まで日数がかかってしまうんですよ」

「そうなんですか。それなら、一日も早く犯人を捕まえてください。わたし、道岡先生のことは誰よりも尊敬してたんです。私利私欲を排して、あれほど正義を貫いた弁護士はほかにはいないと思います。わたし、先生のことを父親のように慕《した》ってもいました」

天童麻美が下を向き、声を詰まらせた。鷲津は一拍置いてから、被害者の秘書を務めていた美しい女に話しかけた。

「部屋の荷物をまとめてるようだね？」

「ええ、そうなんです。できることなら、先生の部屋はそのまま保存しておきたい気持ちなんですが、ここは賃貸マンションですから、そういうわけにはいきませんでしょ？」

「そうだね。捜査本部の調べによると、被害者には身寄りがなかったみたいだな」

「はい、その通りです。先生は独《ひと》りっ子でしたし、ご両親は十年以上も前に他界されています。父方の叔父さんが長崎県に住んでいるんですが、認知症が重くて、甥《おい》の先生のこともわからない状態なんです。母方の親類も少なく、生前のおつき合いはほとんどなかったようなんですよ」

「そう」

「そんなことで、わたしが先生の遺骨を道岡家の菩提寺《ぼだいじ》に納め、今月中に虎ノ門の事務所と自宅を引き払うことにしたんです」

「道岡法律事務所には、居候《いそうろう》弁護士はいなかったんだね？」

「ええ。わたしが秘書になる前には、若手の弁護士が先生の下にいたそうです。でも、道岡先生はお金になる民事の弁護はめったに引き受けませんでしたから、その方の給料はとても安かったようなんですよ。それで、その男性《ひと》は遣《や》り手の国際弁護士の先生のところに移られたという話です。もっとも一年もしないうちに、出張先のニューヨークで交通事故死したらしいけど」

「おたく、まだ三十前でしょ？」

「二十九です」

「その若さで、きちんと後始末をやれるとはたいしたもんだよ。被害者とは、他人じゃなかったんじゃないの？」

「失礼なことを言わないでくださいっ。道岡先生は秘書に手をつけるような方じゃありませんでした」

　麻美が顔をしかめた。

「立派な人権派弁護士だって、聖者みたいに禁欲的《ストイック》に生きてたわけじゃないと思うがな。おれが道岡弁護士なら、若くて綺麗《きれい》な美人秘書はすぐに口説《くど》くだろうね」

「あなた、本当に警視庁の方なの⁉」

「さっき警察手帳《パス》を見せたはずだがな」

「そうだけど……」

「相棒は冗談好きなんですよ。気分を害されたんでしたら、わたしが代わりに謝《あやま》ります」

　荒巻が鷲津の前に出て、執《と》り成《な》すように言った。

「もういいですよ」

「安森玲子さんのことをうかがいます。捜査資料によりますと、安森さんが元夫の岸部春生を相手取って、ひとり息子の親権移譲の提訴をしたのは今年の二月となってますが、それは間違いないんですね？」

「はい。依頼人の安森さんは別れた旦那《だんな》さんが引き取った淳一ちゃんを自分の父母に預けっ放しだったんで、提訴する気になったんでしょう。母親なら、当然のことでしょうね。もともと彼女は、息子さんを手放す気ではなかったんですから」

「でも、親権は岸部に委《ゆだ》ねてしまった。その理由はなんなんです？」

「安森玲子さんは、あまり体が丈夫じゃないんです。結婚以来、元夫の暴力に悩まされつづけたんで、心療内科にも通ってたんですよ」

「愛息を育てる自信がなかったってことなんですね？」

「ええ。でも、淳一ちゃんの養育を元夫の両親にずっと任せておくことは不憫《ふびん》すぎると思って、親権移譲の提訴をする気になったんでしょう」

「そうなんだろうな。元夫の岸部は原告の訴えに怒って、いろいろ厭《いや》がらせをしたようですね？」

「はい。依頼人は言葉の暴力を浴びせられただけではなく、路上で突き倒されたり、蹴《け》られたりもしたようです。それから被告の岸部春生はネットの掲示板に、原告がマゾ女だという内容の悪質な書き込みをしたんです」

「傷害罪で告訴もできるな」

「そうですね。道岡先生は安森さんに外科医院の診断書を取り寄せるよう指示してましたから、そうするつもりだったんだと思います」

「岸部は、弁護士先生にも脅迫電話をかけたんだね？」

鷲津は話に加わった。

「わたしが知る限りでも、虎ノ門の事務所に二十回は脅迫電話がかかってきたわ。先生から、自宅にも厭がらせの電話が何度もあったと聞いてます」

「そう」

「こんなことを軽々しく口にしてはいけないんでしょうが、わたしは岸部春生がアリバイ工作をしてから、道岡先生を射殺したのではないかと疑ってるんです」

「しかし、素人の犯行とは思えないんだよ」

「岸部春生はハワイやグアムの射撃場でちょくちょく拳銃の実射をしてたようですから、先生の頭部と胸部を正確に撃つことはできるんじゃないかしら？」

麻美が言った。

「おたくの推測は拝聴しておくよ。それはそうと、虎ノ門の道岡法律事務所はまだ引き払ってないんだね？」

「ええ。この部屋を引き払ってから、事務所の荷物をまとめようと思ってるんです」

「そうか。ところで、ちょっと室内を覗《のぞ》かせてくれないかな？　もしかしたら、何か手がかりを得られるかもしれないんでね」

「高輪署の刑事さんと捜査本部の方たちが事務所と自宅を念入りにチェックしたはずですよ」

「そうなんだが、何か見落としてるとも考えられるからな」

「ええ、そういうこともあるでしょうね。だから、わたし、注意深く先生の遺品を整理してるんです。でも、事件に関わりのありそうな書類や物品は見当たりませんでした」

「そう」

「せっかく遺品を分類したんだから、荷をほどかれるのはちょっと……」

「わかったよ。もう引き揚げる」

鷲津は元弁護士秘書に言って、三〇五号室から離れた。荒巻が麻美に丁寧に謝意を表し、追ってきた。

二人は、じきにマンションの前に出た。

「荒巻《アラ》、ピッキング道具を使って、虎ノ門の道岡法律事務所に忍び込むか？」

「それは後回しにして、先に安森玲子に会ってみよう。資料によると、玲子は離婚後、新宿の丸越《まるこし》デパートの家具売場で働いてるらしい」

「ああ、そうだな。安森玲子に会う前に、どこかで昼飯を喰おうや。おれ、朝はコーヒーを一杯飲んだだけなんだ」

「こっちも同じだよ」

二人は表通りまで歩いた。それぞれの覆面パトカーは表通りに駐《と》めてあった。

鷲津たちは一分ほど歩き、トンカツ屋に入った。先客は、ひとりしかいなかった。

二人はテーブル席につき、黒豚のロースカツを注文した。ご飯、味噌《みそ》汁、新香付きで二千三百円だった。特捜任務に携わっているときは、飲食代はすべて経費として計上していいことになっていた。

しかし、非番のときも一日に三度の食事はする。昼食代や夕食代を捜査費で落とすのは、いかにもみみっちい。二人とも食事代は、たいがい自腹だった。交互に奢《おご》ることが多かった。

少し待つと、揚げたてのロースカツが運ばれてきた。

鷲津はダイナミックに食べはじめた。荒巻の食べ方には品があった。

「鷲津《ワシ》、朝食を摂《と》る気になれなかったのは、昨夜《ゆうべ》のことを気にしてるからじゃないのか？」

「昨夜のこと？」

「ほら、綾香の想いを断ち切らせるために一種のショック療法を施してくれたろうが」

「穿《うが》ったことを言うなって。たまたま運悪く二人の女が鉢合わせしただけさ」

「何があっても、おまえは自分の美学を崩さないいんだな。ま、いいさ。綾香は自分でちゃんとロストラブのショックから立ち直るだろう。妹がいつまでもめそついてたら、おれが気合いを入れてやる」

「そうしてやってくれ。男なんて掃《は》いて捨てるほどいるんだから、そのうち綾香ちゃんにふさわしい野郎が出現するさ」

「やっぱり、妹のことを心配してくれてたんだな」

「いいから、早く飯を喰えよ。荒巻《アラ》はガキの時分から喰い方が遅かったからな。男は早飯、早糞《はやぐそ》じゃなきゃ」

「鷲津《ワシ》、おれたちはいま昼飯を喰ってるんだぞ。糞の話なんかするなっ」

「おっと、失礼！」

鷲津は笑いを堪《こら》えて、味噌汁を啜《すす》った。

それから間もなく、二人は食べ終えた。鷲津は先に伝票を抓《つま》み、レジに急いだ。荒巻は先を越されたことを悔しがった。

二人はトンカツ屋を出ると、おのおの自分の覆面パトカーに乗り込んだ。荒巻が先にフーガを発進させる。鷲津はジープ・チェロキーで相棒の車を追った。目的のデパートに着いたのは、およそ三十分後だった。

二人は公用車を地下駐車場に置き、エレベーターで六階に上がった。安森玲子は食器棚コーナーに立っていた。平凡な顔立ちで、地味な印象を与える。中肉中背だった。

鷲津は刑事であることを明かして、道岡殺害事件のことで捜査に協力してほしいと小声で頼んだ。

「上司の許可を貰いますんで、屋上でお待ちいただけますか？　売場では、何かと差し障《さわ》りがあるものですから」

「だろうね」

「なるべく早く行きます」

玲子は目礼し、さりげなく鷲津たちから離れた。

二人はエスカレーターを利用して、屋上に出た。カラフルな遊具を取り囲む形で、屋上庭園が拡《ひろ》がっている。

親子連れが目立つが、ベンチのところどころに中高年の男たちが所在《しょざい》なげに腰かけている。いずれも背広姿で、ネクタイを結んでいた。

リストラ退職者たちが再就職活動に疲れ果て、しばし憩《いこ》っているのか。一様《いちよう》に表情が暗い。格差社会が一段と深刻化すれば、多くの人々の顔から明るさが消えてしまうのだろう。生きにくい世の中になったものだ。

鷲津たちは人気《ひとけ》のない場所にたたずんだ。空《あ》いているベンチはなかった。

数分が経ったころ、安森玲子が駆け寄ってきた。明らかに緊張している。

「お仕事中に申し訳ありません。単なる聞き込みですんで、お楽になさってください」

相棒の荒巻が優しく言った。

「は、はい」

「あなたが息子さんの親権移譲の提訴をしたら、一年前に別れた元旦那さんはだいぶ感情的になったようですね？」

「ええ。岸部は淳一は自分の跡取りなんだから、何があっても親権は手放さないと息巻《いきま》きました。それで厭がらせをされたり、暴力も振るわれたんです。岸部はとても短気で、手も早いんですよ。わたしが何を言っても、まともには聞いてくれませんでした」

「困った男ですね。結婚してから、ずっとドメスティック・バイオレンスに悩まされつづけたんでしょ？」

「ええ。ほぼ毎日、殴られたり蹴られたりしてました。岸部は典型的な亭主関白で、女が少しでも口答えすると、狂ったように怒るんです」

「素面《しらふ》のときも？」

鷲津は会話に割り込んだ。

「ええ、そうです。それで、わたしが鼻血を流したり、痣《あざ》をこしらえたりすると、別人のように優しくなるんです。土下座して詫びて、涙声で許しを乞《こ》うんですよ」

「そういうパターンが多いみたいだな。それで暴力を振るった後は、ベッドで妙に優しくなるみたいだね」

「岸部にも、そういう傾向はありました。だから、きょうこそ別れようと思いながらも、六年以上も離婚に踏み切れなかったわけです」

「別れようと決意したきっかけは何だったのかな？」

「淳一は生後十カ月ほど夜泣きが激しかったんです。そのたびに岸部はわたしに八つ当たりをして、外に飲みに出かけちゃうんです。それから授乳とおむつ交換で慢性的な寝不足なのに、わたしに手の込んだ料理を作れとも命じました。夜の夫婦生活も、実に身勝手でしたね。それでわたしは岸部に少しも愛されていないと強く感じたんで、別れる決心をしたんです。もちろん、淳一はわたしが引き取って、育てるつもりでいました」

「しかし、元旦那は別れ話には応じようとしなかった？」

「親権を放棄すれば、離婚届に判を捺《お》すと言いました。ですけど、わたしは淳一を手放す気はありませんでした。すると、岸部はわたしが息子を引き取るなら、養育費は一円も出さないと言いだしたんですよ」

「乳児を女手ひとつで育てるのは、並大抵のことじゃないよな？」

「ええ、そうですね。わたしは悩みに悩んで、淳一の親権を放棄することにしたんです。でも、岸部は淳一を実家の両親に預けっ放しで、自分では子育てはしなかったのよ。それじゃ、息子がかわいそうすぎます。ですから、わたしは親権移譲の提訴をしたんです」

「おたくの弁護を引き受けた道岡斉を岸部春生は逆恨《さかうら》みしてたようだね？」

「ええ。岸部は、いつか道岡先生を殺してやると真顔《まがお》で言ってました」

「そう。岸部は海外の射撃場《シューティング・レンジ》でちょくちょく拳銃の実射をしてたんだって？」

「ええ。インストラクターにとても筋がいいと誉《ほ》められたと自慢してました。警察は、岸部が道岡先生を射殺したのかもしれないと疑いはじめてるんですか？」

「いや、そういうわけじゃないんだ。アリバイは成立してるようだから、岸部春生が実行犯の可能性もなさそうだね。ただ、第三者に人権派弁護士を始末させた可能性は否定できない」

「ええ、それはね」

「初動捜査によると、岸部は暴力団関係者とも交友があるとか？」

「わたしは岸部の交友関係についてはよく知らないんですけど、岸部の会社の下請け業者の中には堅気じゃない男性もいたようです」

「そう。岸部が経営してるリフォーム会社は年商どのくらいなのかな？」

「年商は三、四十億だと思いますが、『岸部ハウスサービス』は受注の八割を下請け業者に丸投げしてましたから、自社で手がけるリフォームは毎年二割程度でしたね」

「丸投げした場合は、工事の一、二割のピンをはねてたんでしょ？」

「そのあたりのことは、わたし、全然わからないんです。離婚するまでは毎月五十万円の生活費を現金で手渡されて、それで遣《や》り繰《く》りしてました。岸部の給料はもちろん、会社の内部留保がどのくらいあるかも教えてもらってなかったんです。でも、岸部は一千万以上もするベンツを乗り回してましたし、愛人も囲ってるようでしたから、それなりの稼ぎはあったんだと思います」

「それなら、殺し屋を雇うこともできるわけだ」

「えっ」

　玲子が額に手を当て、体をふらつかせた。とっさに荒巻が玲子の片腕を掴んだ。

「大丈夫ですか？」

「は、はい。最近、ちょくちょく貧血で倒れそうになるんです」

「ベンチに腰かけて、少し休んだほうがいいですよ」

「もう平気です。わたし、売場に戻ってもかまいませんか？」

「ええ。ご協力に感謝します」

「では、失礼します」

玲子が目礼し、ゆっくりと遠ざかっていった。

「荒巻《アラ》、岸部春生を少し洗ってみようや」

「そうするか。確か『岸部ハウスサービス』のオフィスは、高田馬場《たかだのばば》にあるはずだ」

「早速、張り込んでみよう」

鷲津は相棒に耳打ちした。

# 第二章　元夫婦の確執

1

覆面パトカーを路肩《ろかた》に寄せる。

リフォーム会社の斜め前だ。『岸部ハウスサービス』の本社は、早稲田《わせだ》通りに面していた。肌色の五階建てだった。自社ビルだろう。

荒巻はフーガから降り、数十メートル後方に停まっているジープ・チェロキーに歩み寄った。

相棒の鷲津が四輪駆動車のパワーウインドーを下げた。

「荒巻《アラ》、どうしたんだ？」

「作戦を変えたほうがいいと思うんだ。岸部春生を張り込む前に少し揺さぶりをかけたほうがいいんじゃないか?」

「揺さぶりって?」

「安森玲子に怪我させたことで、傷害罪で引っ張れると威《おど》しをかけるんだよ」

「それは名案かもしれない。おれも一緒に行こう」

「いや、鷲津《ワシ》は待機しててくれ。二人とも面《つら》を晒《さら》したら、尾行しにくくなるからな。おれひとりで行ってくる」

荒巻は相棒に言って、踵《きびす》を返した。

二十メートルほど歩き、『岸部ハウスサービス』の中に入る。

受付カウンターは設《もう》けられていたが、無人だった。ロビーにたたずんでいると、一階の事務室から二十七、八歳の男が現われた。黒っぽいスーツを着ている。

「警視庁の者ですが、岸部社長にお目にかかりたいんですよ」

荒巻は言った。

「ご用件は?」

「別れた奥さんのことで少し確認したいことがあるんだ」

「わかりました。少々、お待ちになってください」

相手がそう言い、いったん事務室の中に引っ込んだ。

荒巻は何気なくエントランスロビーを見回した。すると、防犯カメラが三台も設置されていた。

——まるで暴力団の組事務所みたいだな。この会社は、他人に恨《うら》まれるようなビジネスをしてるんだろう。

荒巻は、そう思った。

それから間もなく、さきほどの男が事務室から出てきた。

「お目にかかるそうです。五階に社長室がありますんで、奥のエレベーターをご利用ください」

「ありがとう」

荒巻は奥のエレベーターホールに足を向けた。ホールにも、防犯カメラが据《す》え付けてあった。

五階に上がる。函《ケージ》を出ると、目の前に社長室があった。

荒巻はノックをしてから、社長室に足を踏み入れた。岸部はゴルフクラブを握り、パターの練習をしていた。どことなく脂《あぶら》ぎった男だった。筋骨隆々としている。

荒巻は警察手帳をちらりと見せ、はっきりと名乗った。

「別れた女房がわたしを傷害罪で逮捕してくれとでも言ったのかな？　でも、立件はできないと思いますよ」

「どうして？」

「玲子はね、真性《しんせい》のマゾなんだ。わたしに殴られたり、蹴《け》られたいんですよ。それで、性的な興奮を得たいわけです」

「元妻の言い分と喰《く》い違うな」

「玲子は嘘《うそ》つきなんです。自分の立場が不利になりそうになると、もっともらしい嘘をつくんだ。おかげで、わたしは暴力亭主のレッテルを貼《は》られてしまった。けどね、以前は惚《ほ》れてた女です。だから、わたしはわざと悪者になってやったんだ」

「安森玲子さんは、外科医の診断書も取ったようですよ」

「弁護士の道岡の入れ知恵なんだろうね。玲子が怪我したことは確かだけど、こっちには責任なんかないね」

「そんな言い逃《のが》れはできないでしょ？」

「玲子はね、スーパーM《エム》なんだ。わたしが一発ぶん殴っただけで、目に紗《しゃ》がかかって、股《また》を濡《ぬ》らす女なんですよ。わたしはどっちかっていうと、Sだから、相性《あいしょう》は最高だったんだ。夫婦がSMプレイに興じても、別に罪にはならんでしょうが？」

「しかし、お二人は一年ほど前に正式に離婚されてる。つまり、法的には他人同士ってことなるわけです。元妻の玲子さんが愛息の淳一ちゃんの親権移譲の提訴をしたんで、あなたは腹を立て、彼女に暴力を振るったんでしょ？」

「それは違うよ」

岸部が言った。

「どう違うんです？」

「わたしと別れてから玲子はまったく男っ気がなかったらしく、明らかに欲求不満の様子だったんだ。だから、わたしは少し玲子を嬲《なぶ》ってやっただけですよ。彼女はわたしに殴打されるたびに、嬉《うれ》しそうな表情をしてた。ほんとなんだ」

「そんな話は信じられないな。あなたは、三月五日の夜に何者かに射殺された弁護士の道岡斉氏にも脅迫電話を何十回もかけてる」

「そのことは認めますよ。わたしは道岡には頭にきてたんだ。奴はね、わたしが引き取った息子を実家の両親に預けたことが親権放棄に当たると言って、淳一の養育を玲子に任せるべきだと主張したんですよ」

「玲子さんは、あなたが淳一ちゃんを自分の父母に任せっ放しで、子育てを怠《おこた》ってたと証言してます」

「わたしはリフォーム会社を経営してるんだ。まさか淳一をおぶったまま、商談するわけにはいかないでしょうが！」

「ええ、それはね」

「だから、実家の親に息子を預けたわけですよ。でもね、ほぼ毎日、実家に寄って、淳一の様子を見にいってたんだ。そのつど、洋服、靴、玩具《おもちゃ》なんかを土産《みやげ》にしてね。それなのに、なんで子育てを放棄したと言われたんだっ。腹を立てるのは当然だろうが！」

「そう興奮しないでくださいよ」

荒巻は岸部をなだめた。

「弁護士が依頼人の肩を持つことは仕方ないが、物の見方が一方的でしょ？　道岡は、玲子の話を鵜呑《うの》みにしてたんだ。だから、あの弁護士のやり方が気に喰《く》わなかったんですよ」

「あなたは玲子さんに、道岡弁護士を殺してやると言ったようですね？」

「そういうことを口走った覚えはあるが、ただの威《おど》しだったんだ。それで玲子がビビって、提訴を取り下げてくれるかもしれないと思ったんですよ。むろん、本気で道岡を殺す気なんかありませんでした」

「そうですか。しかし、道岡弁護士は何者かに射殺されました。あなたは、荒っぽい連中とも交友があるようですね？」

「下請け業者に元組員が何人かいるけど、現役のやくざとはつき合ってませんよ」

「元組員でも、ノーリンコ54ぐらいはどこかで調達できそうだな」

「おたく、わたしが道岡を殺《や》ったと思ってるのか!?　冗談じゃない。高輪署の刑事に、事件当夜のアリバイはちゃんと話してある」

「ええ、そうですね。三月五日の夕方から深夜まで、あなたはリフォーム業者仲間の猪狩《いかり》尚志《ひさし》という方と渋谷のスタンド割烹《かっぽう》やクラブで飲んでた。そうですね？」

「そうだ。その裏付けは捜査員が取ったはずですっ」

「捜査本部の資料で、それは確認済みです。しかし、意地の悪い見方をすれば、あなたがアリバイ工作をした可能性がゼロとは言い切れない。業者仲間や酒場の人間に鼻薬を嗅《か》がせて、口裏《くちうら》を合わせてもらうこともできるでしょうからね」

「推測や臆測《おくそく》で物を言うな！」

「可能性の問題を言っただけですよ。岸部さんが海外のシューティング・レンジで拳銃の実射をしてることはわかってる。ノーリンコ54を扱ったことは？」

「あるよ。だからといって、わたしを犯人扱いしないでくれ。迷惑だ。犯罪が割に合わないってことは、下請け業者の元組員たちから何度も聞かされた。だから、わたしが道岡を撃つなんてことはないっ」

「あなたが直《じか》に手を汚すことはなさそうだな。しかし、第三者に殺人を依頼したと疑えることはできるわけです」

「おたく、わたしに喧嘩《けんか》を売ってるのか⁉」

岸部が気色《けしき》ばんだ。

そのとき、両袖机《りようそで》の上で固定電話が鳴った。岸部がゴルフクラブを足許に落とし、受話器を乱暴に摑《つか》み上げた。

「クレームの電話をいちいち社長室に回すんじゃないっ。なんだと⁉ わたしと直《じか》に話をさせないと、リフォーム詐欺《さぎ》で告訴すると言ってるって？ わかった、電話を繫いでくれ」

「…………」

「そうです。わたしが社長の岸部です。悪徳商法とは無礼じゃないかっ。営業担当の社員がきちんと見積書を出してから、契約書に判をいただいたはずです」

「…………」

当然のことだが、電話相手の声は荒巻の耳には届かない。苦情を訴えている顧客は、男性のようだった。

「知り合いの建築関係者は、不必要な補修工事を二十箇所以上も行なったと言ってるって？ だから、詐欺罪が適用されるはずだって言うんですね？」

「…………」

「それは言いがかりでしょうが！　当社は細かい見積書をお出ししてから、お客さんの依頼を受けてるんです。真っ当な契約ですよ」

「…………」

「凄腕《すごうで》の弁護士だけじゃなく、大親分も知ってるって？　あんた、わたしを威《おど》してるつもりなのかっ。こっちだって、超大物の顔役と親しいんだ。ヤー公が押しかけてきたって、別にどうってことない」

「…………」

「狙《ねら》いはなんなんだ？　はっきり言いやがれ！　工事費用をそっくり返却しろだって？　冗談も休み休み言えよ。うちの会社はな、ボランティア活動をしてるわけじゃないんだ」

「…………」

「ああ、いいよ。告訴でも何でもしやがれ。その代わり、二度と妙な電話をしてくるな。いいな、くそったれ！」

岸部が受話器をフックに叩《たた》きつけ、振り向いた。

「クレームの電話だったようですね？」

「工事代金が高すぎるとか難癖をつけて、リフォーム詐欺じゃないかと言いだしやがったんだ。この業界で丸十年、商売をしてきたんです。リフォーム詐欺なんか働いてたら、とうに会社は潰《つぶ》れてる。そうでしょうが？」

「そうかもしれないな」

「きょうは厄日《やくび》みたいだな。不愉快なことばかり重なりやがる。刑事さん、わたしは弁護士殺しの事件には関与してませんよ。それからね、玲子の言い分を全面的に信じてると、警察は恥をかくことになりますよ」

「そうだろうか」

「玲子は別の弁護士に泣きついて、親権移譲の裁判をつづける気でいるんですかね？」

「それについては、お答えできないな。安森さんがまた痛い思いをしたら、気の毒ですからね」

「まだそんなことを言ってるのか。悪いが、もう引き取ってほしいな」

「わかりました」

荒巻は社長室を出て、そのまま一階まで下《くだ》った。

外に出ると、舗道に鷲津が立っていた。荒巻は相棒に歩み寄り、経過をつぶさに伝えた。

「そっちの心証は、どうなんだ？」

鷲津が訊《き》いた。

「岸部がシロかクロかは、なんとも言えないな。ただ、『岸部ハウスサービス』はリフォーム詐欺まがいのことをして、荒稼ぎしてるようだ」

「創業して十年そこそこで自社ビルまで建てられたんだから、岸部はかなり悪《あく》どい商売をしてるんだろう。下請け業者の中に元組員がいるんなら、暴力団とも深いつながりがあると考えたほうがよさそうだな」

「ああ。岸部はだいぶ道岡弁護士を逆恨《さかうら》みしてるようだった。あの男は業者仲間や飲食店の人間を抱き込んで、密《ひそ》かに手に入れたノーリンコ54で人権派弁護士を射殺したんだろうか。それとも、殺し屋《プロ》を雇ったんだろうか」

「岸部のアリバイを洗い直してみたほうがいいかもしれないな」

「おれも、そう思ったよ。それで同業者の猪狩という男に会って、事件当夜、岸部たち二人が立ち寄ったというスタンド割烹とクラブの関係者から事情聴取してみる気になったんだ」

「そうか。なら、おれは張り込みを続行して、岸部春生の動きも探《さぐ》ってみる」

「ああ、頼む」

「荒巻《アラ》、フーガのグローブボックスに拳銃《ハンドガン》を入れてあるな?」

「ベレッタを入れてあるよ」

「そっちはできるだけ合法捜査を心掛けたいようだが、丸腰で動くのは危《ヤバ》いよ」

「ただの聞き込みなんだから、そこまで用心することはないと思うがな」

「その甘さが命奪《と》りになるかもしれないんだ。事実、おれたちは特捜任務で何回も殺されそうになったじゃないか」

「ああ、そうだったな」

「おれは、まだ荒巻《アラ》の骨なんか拾いたくない。銃口を向けられたら、迷わず先に引き金を絞れ！」

「鷲津《ワシ》のようにか？」

「ああ」

「そっちは撃ちすぎだよ」

「おれはピストルを撃ちまくりたくて、刑事になったんだ。せっかく超法規捜査官に任命されたんだから、これからも西部劇のガンマンみたいに撃ちまくってやる」

「子供っぽい奴だ。おれのことを気にかけてくれるのはありがたいが、自分のスタイルで極秘捜査をやるよ。何かわかったら、そっちに連絡する」

荒巻は相棒に言って、自分のフーガに走り寄った。

## 2

まだ動きはない。

午後八時を回っていた。張り込みに最も必要なのは、粘《ねば》り強さだ。

鷲津はジープ・チェロキーの運転席で、ビーフジャーキーを齧《かじ》りはじめた。張り込み用の非常食だ。

干《ほ》し肉を噛《か》みながらも、肌色のビルの地下ガレージの出入口を注視しつづける。

まだ岸部が本社ビル内にいることは、偽電話で確認済みだ。鷲津はリフォーム詐欺の被害者を装って、数十分前に岸部を本社ビル前まで呼び出したのだ。彼の顔は脳裏に刻み込んであった。

ビーフジャーキーを食べ終えたとき、覆面パトカーの横に若い女が立った。二十二、三歳だろうか。化粧がどぎつい。服装もけばけばしかった。

鷲津はパワーウインドーを下げた。

「何か用か？」

「あたしさ、お金が欲しいの。同棲《どうせい》してた男と昨夜《ゆうべ》、喧嘩してね、マンションの部屋を飛び出しちゃったのよ。所持金は数千円しかないの。だから、心細くってね」

「金を恵んでくれってことか？」

「ばかにしないで。物乞《ご》いじゃないわ。あたしを買ってほしいのよ。五万でいいわ。その代わり、ホテル代はおたくが払ってね」

「悪いが、おれは忙しいんだ」

「五万円じゃ高いと思ってるのね。それなら、三万円でもいいわ。それで、どう？」

「消えてくれ」

「ケチねえ」

女が腹立たしげに言い、いきなり砂を投げつけてきた。砂は、鷲津の顔面にまともに当たった。両眼にも砂粒が入った。

女が逃げる気配が伝わってきた。そのとき、『岸部ハウスサービス』本社ビルの地下ガレージからブリリアントシルバーのメルセデス・ベンツSL500が走り出てきた。ステアリングを握っているのは、岸部自身だった。

岸部は張り込みに気づいて、知り合いの女に尾行を阻止《そし》させようとしたにちがいない。

鷲津は目をしばたたいて、砂を涙で洗い落とした。すぐに四輪駆動車を発進させる。

一千万円以上する高級ドイツ車は早稲田通りから明治《めいじ》通りに入り、新宿方面に向かっていた。鷲津は追跡した。

岸部のベンツは新宿五丁目交差点を右折し、靖国《やすくに》通りに入った。道なりに進めば、大ガードに差しかかる。その先は西新宿だ。

――岸部は尾行を撒《ま》けなかったことに気づいてるはずだ。さて、奴はどうするか。見物《みもの》だな。

鷲津は口の端《はし》を歪《ゆが》めた。

岸部の車は西新宿の高層ビル街を抜けると、新宿中央公園の外周路に停まった。同公園は広い車道を挟んで、二つに分かれている。ベンツが停止したのは、区立中央図書館のある北側公園だった。

岸部がベンツから降り、公園の中に足を踏み入れた。どうやらリフォーム会社の社長は園内を素通りして、タクシーを拾う気になったらしい。

籠脱《かごぬ》けする前に、岸部を取っ捕まえることにした。

鷲津は急いで覆面パトカーを降り、園内に走り入った。

岸部の姿は見当たらない。鷲津は左右の繁《しげ》みに目を配りながら、遊歩道を進んだ。ベンチには若いカップルたちが腰かけていたが、岸部らしき人影は目に留《と》まらない。

やがて、図書館前の広場に出た。

鷲津は目を凝《こ》らした。やはり、岸部はどこにもいない。すでに公園の向こう側の十二《じゅうに》社《そう》通りに達したのか。

鷲津は走りはじめた。

熊野《くまの》神社の脇から、十二社通り側に出る。岸部の姿は視界に入ってこない。

岸部は籠脱けしたと見せかけて、公園内の植え込みに身を潜《ひそ》めているのかもしれない。

そして、こっそりベンツに戻る気なのではないか。

鷲津は新宿中央公園の中に戻り、遊歩道を駆け回った。

しかし、徒労《とろう》に終わった。いったん公園の外に出る。岸部のベンツは路上に駐《と》められたままだった。

まだ岸部は、園内のどこかに隠れているにちがいない。

鷲津は、ふたたび公園の中を駆け巡った。だが、結果は虚《むな》しかった。すでに岸部は籠脱けに成功したのだろうか。なぜ彼は、刑事の尾行を振り切る気になったのか。

リフォーム詐欺で逮捕されることを嫌ったのだろうか。それとも、人権派弁護士殺害事件に関わっているのか。どちらにしても、なんだか怪しい。

鷲津は暗がりに隠れた。ベンツを見通せる場所だった。

岸部がベンツに近づくことはないだろう。しかし、第三者が高級外車を移動させるはずだ。その相手を締め上げれば、岸部の居所は明らかになるだろう。

鷲津はベルトの下に、マカロフPbを挟んでいた。ロシア製のサイレンサー・ピストルだ。

ロシア軍の特殊部隊《スペッナズ》で使われている特殊拳銃で、消音器と銃身は一体化していた。発射音は小さい。空気が洩《も》れる音がするだけだ。

十数分が過ぎたころ、背後で足音が響いた。

鷲津は振り向く前に左肩を何か固い物で強打された。腰を落としながら、振り向く。

木刀を握りしめた三十歳前後の男が立っていた。ひと目で筋者《すじもの》とわかる風体《ふうてい》だった。

クリーム色の背広をだらしなく着ている。黒いシャツの胸元は、大きくはだけられていた。太いゴールドのネックレスが覗《のぞ》いている。身長は百七十センチほどで、髪は短かった。

「おれの身分を知ってて、木刀を使ったのか？」

鷲津は先に口を切った。

「そうだよ。おれはガキのころから、警官《マッポ》が嫌いだったんだ。あんたが刑事《デコスケ》と知ってて、ぶっ叩いたのさ」

「どこの組員なんだ？」

「そんなこと言う義務ねえだろうが！　それより、なんで岸部社長をマークしてやがるんだ？　そいつを教えねえと、また、ぶっ叩くぜ」

「やれるものなら、やってみな」

「てめーっ」

相手が木刀を上段に振り翳《かざ》した。鷲津は冷笑し、マカロフＰｂを引き抜いた。手早くスライドを引き、初弾を薬室《やくしつ》に送り込む。

「な、なんだよ⁉　ニューナンブＭ60か、シグ・ザウエルＰ230を持ってるはずだぜ、刑事はな」

「おれは、ただの刑事じゃないんだ」

「てめえ、偽刑事なんじゃねえのかっ」

組員らしい男が喚《わめ》き、木刀を振り下ろした。

風切り音は高かった。鷲津は横に跳《と》んだ。木刀の切っ先が地面を叩いた。土塊《つちくれ》と病葉《わくらば》が舞う。

鷲津は相手に横蹴りを放った。男がよろけた。

すかさず鷲津は踏み込んで、相手の睾丸《こうがん》を蹴り上げた。

男が唸《うな》りながら、地べたに倒れた。弾《はず》みで、木刀が手から落ちた。

鷲津は木刀を片足で踏み、もう一方の脚《あし》で男の腹と顎《あご》を蹴った。連続蹴りだった。

サイレンサー・ピストルをベルトの下に突っ込み、木刀を掴み上げる。

「ヤー公だな？」

「……………」

「肩の骨を砕《くだ》いてやるか」

「渋谷の染井《そめい》組の者だよ」

「名前は？」

「木崎《きざき》ってんだ」

「岸部も染井組の盃《さかずき》を受けてるのか？」

「社長は一応、堅気だよ。おれとは個人的に親しくしてるんだ」

「どういう繋がりなんだい？」

「そこまで話さなきゃなんねえのか？」

「無理に話さなくてもいいさ。しかし、じきに話したくなるだろうな」

「それ、どういう意味なんだよ⁉」

木崎と名乗った男が肘《ひじ》を使って、上体を起こした。

鷲津は木刀で、木崎の額を打ち据《す》えた。手加減したつもりだったが、骨と肉が派手に鳴った。木崎が横倒れに転がり、体を丸めた。

夜気《やき》に血臭《けつしゆう》が混じった。木崎の額は裂《さ》けてしまったらしい。

「ちくしょう!」

「岸部とは、どういう関係なんだ?」

「何も喋《しやべ》らねえぞ」

「どこまで頑張れるかな?」

鷲津はからかって、木崎の両方の膝頭《ひざがしら》を木刀で打ち砕《くだ》いた。

木崎が動物じみた唸《うな》り声を撒《ま》き散らしながら、体を左右に振った。それから彼は、体をくの字に折った。

「まだ質問に答える気になれないか?」

「もう勘弁してくれ。おれの妹の留衣《るい》が岸部社長の世話になってるんだよ」

「つまり、愛人ってことだな?」

「そうだよ。留衣は売れないテレビタレントだったんだ。それで、六本木のショーパブで踊り子をやるようになったんだよ。その店で岸部社長に気に入られて、面倒を見てもらうようになったんだ」

「都心の高級マンションにでも囲われてるわけか?」

「いや、戸建てに住まわせてもらってるんだ。借家だけどな」

「妹の住まいはどこにあるんだ？」

「そこまでは言えねえよ」

「言えるようにしてやろう」

鷲津は木刀を振りかぶった。

「やめろ、もうやめてくれ。妹の家《ヤサ》は目黒区駒場《こまば》二丁目にある。番地は二十×だよ。東大のキャンパスの裏手にあるんだ」

「岸部はこの公園を籠脱けして、タクシーで愛人宅に向かったんだな？　そして、そっちはおれを足止めしてから、岸部のベンツで妹の家に行く手筈《てはず》になってた。そうなんだろ？」

「ああ、そうだよ」

「ついでに、教えてくれ。そっちは岸部に頼まれて、誰かを殺《や》らなかったか？」

「誰かって？」

「弁護士の道岡斉のことだ。岸部が別れた女房に息子の親権を移譲してくれって提訴されてたことは聞いてたんじゃないのか？」

「社長から直《じか》に聞いてはないけど、いつだったか、妹がそんなことを言ってたな。道岡って奴は、社長の元妻の弁護士だったんだろ?」

「そうだ。ヤー公なら、中国製トカレフのノーリンコ54ぐらい造作なく手に入れられるよな。そっちが三月五日の晩、高輪で道岡斉を射殺したんじゃないのかっ。岸部に頼まれてな」

「何を言いだすんでえ。おれはやくざだが、人殺しだけは一度もやってねえ」

「三月五日は、どこで何をしてた?」

「舎弟を連れて、サイパンに遊びに行ってたよ。嘘じゃねえ。渡航記録を調べてくれや。そうすりゃ、おれはシロだって、わかるだろうからな」

「そこまで言うんだったら、そっちは犯行《ヤマ》を踏んでないんだろう。岸部が誰かに道岡弁護士の殺害を依頼した疑いがあるんだが、何か知ってるんじゃないのか?」

「おれは何も知らねえよ」

「そうかい」

「膝のお皿がぐちゃぐちゃになったみてえで、すごく痛《いて》えんだ。救急車を呼んでくれねえか。頼むよ」

「甘ったれるな」

「くそったれめ!」

木崎が忌々《いまいま》しげに吼《ほ》えた。鷲津は木刀を遠くに投げ捨て、木崎の横に屈《かが》み込んだ。

「て、てめえ！　おれを殺《や》る気なのか⁉」

「おまえなんか殺すだけの値打ちもない。岸部に余計なことを喋れないようにするだけさ」

「な、何をするつもりなんだよっ」

木崎の声は震えていた。

鷲津は無言で木崎の頰を右手で強く挟みつけ、顎《あご》の関節を外した。木崎が喉《のど》の奥で呻《うめ》きながら、転げ回りはじめた。涎《よだれ》を垂《た》らしているようだ。

「あばよ」

鷲津は植え込みから出て、公園の出入口に急いだ。

ジープ・チェロキーに乗り込み、すぐさま駒場に向かった。木崎留衣の自宅を探し当てたのは、二十数分後だった。

住宅街の一画に建つ趣《おもむき》のある和風住宅だ。平屋だが、間取りは広そうだった。庭木が形よく植え込んである。敷地は六十坪ほどだろう。

鷲津は覆面パトカーを数軒先の生垣《いけがき》の脇に駐め、岸部の愛人宅まで引き返した。表札には、木崎という姓だけしか記《しる》されていない。

込む。

門扉《もんぴ》は低かった。鷲津は腕を伸ばして、内錠を外した。門扉を細く開け、敷地内に忍び込む。

鷲津は内庭をたどって、テラスに接近した。家の中は明るい。茶の間らしい部屋から人の話し声が流れてきた。

「ね、先にお風呂に入っちゃえば？　わたし、まだ洗い物があるから」

「待つよ。留衣、久しぶりに体を洗いっこしようじゃないか。それで、裸のまま寝室に移ろう」

「それは、まずいわよ。だって、兄があなたのベンツをこっちに回すことになってるんでしょ？　二人で一緒にお風呂に入ってるとこを兄に知られるのは、なんとなく照れ臭いわ」

「兄貴は気を利かせてくれて、もうしばらくしてからベンツをここに届けてくれると思うよ」

「そうかしら？」

「ああ、多分ね。だから、おれと一緒に風呂に入ろう」

「どうしようかな？」

「留衣、何を迷ってるんだ？」

「だって、あなたは一緒にお風呂に入ると、たいてい湯船の中で合体したがるんだもの。行為中に兄がやってきたら、なんかカッコ悪いわ」

「玄関のドアをロックしとけば、別に問題はないだろうが」

「それもそうね。わかったわ。すぐに洗い物を済ませる」

「ああ、そうしてくれ。風呂に入ったついでに、少し毛並を整えてやるか。こないだ完璧《かんぺき》な逆三角形に剃《そ》り込んでやったつもりだが、周《まわ》りのヘアが伸びかけてるかもしれないからな」

「きょうは、やめて。伸びかけの毛先がちくちくして、なんか落ち着かなくなるのよ」

「そうか。なら、今夜はやめとくか。留衣、おれをあまり待たせないでくれ」

「はーい」

戯言《ざれごと》が熄《や》んだ。

鷲津は玄関先に回り、インターフォンを鳴らした。すぐに物陰に身を隠す。

「どちらさまでしょう？」

玄関戸の向こうから女の声が聞こえた。鷲津は、わざと応答しなかった。

「兄さんなの？　そうなのね？」

声とともに、玄関のガラス戸が開けられた。派手な顔立ちの二十六、七歳の女が現われた。留衣だろう。カジュアルな身なりだった。

女がポーチに立ち、門のあたりを透《す》かし見ている。鷲津は彼女の背後に忍び寄り、口許《くちもと》を塞《ふさ》いだ。

「怪しい者じゃないから、騒ぐな。おれは刑事だ。あんたは岸部春生の愛人の木崎留衣だな？」

「…………」

女が大きくうなずいた。

「悪いが、おれの楯《たて》になってもらう。おとなしく家の中に戻るんだ。いいな？」

鷲津は留衣の体をターンさせ、玄関の三和土《たたき》に押し入れた。そのとき、玄関脇の客間から岸部が姿を見せた。

「き、きさまは本当に刑事《デカ》か？……」

「愛人の兄貴は、まだ新宿中央公園で唸《うな》ってると思うよ」

「木崎は失敗《ドジ》を踏んだのか!?」

「そういうことだ。あんたとじっくり話をしたいと思って、ここまでやってきたんだよ」

「おたくは、おれを疑ってるようだが、道岡殺しにはまったくタッチしてない。令状もなしに、こんなことはできないはずだ」

「何か疚《やま》しさがあるから、おれの尾行を嫌ったんじゃないのか？」

「別にそういうわけじゃない。警察にマークされるのがうっとうしかっただけさ。どっちにしても、留衣を巻き添えにしないでくれ。おれは逃げも隠れもしない」

「いいだろう」

鷲津は手の力を緩《ゆる》めた。そのとき、留衣が鷲津の二本の指に歯を立てた。鷲津は左の肘《ひじ》で、留衣の側頭部を撲《う》った。

それでも留衣は離れない。岸部が顔を引っ込め、テラスに飛び出す気配がうかがえた。

鷲津は留衣に足払いをかけた。

留衣が三和土に倒れた。鷲津はポーチに出て、内庭に走った。ちょうど岸部が家屋の横に消えかけたところだった。

鷲津は追いかけた。

岸部は靴を履《は》いていなかった。ソックスのままで、背後の家の万年塀《まんねんべい》を乗り越えた。どうやら岸部は隣接する家々の敷地を通り抜け、裏道に逃れる気でいるらしい。

鷲津は身を翻《ひるがえ》した。留衣の自宅から走り出て、裏通りまで駆ける。

夜道に動く人影は見えない。岸部は近くの家の庭にうずくまって、しばらく時間を稼ぐ気なのだろう。

鷲津は路上駐車中のＲＶ車の陰に身を潜《ひそ》め、じっと息を殺した。

十分ほど経過したころ、斜め前の民家の門から人影がぬっと現われた。岸部だった。鷲津は路上に躍《おど》り出た。

岸部がぎょっとして、一目散に走りだした。

鷲津は全速力で追いかけた。みるみる距離が縮まっていく。鷲津は岸部に組みつく気になった。

ちょうどそのとき、乾いた銃声が夜の静寂を劈《つんざ》いた。四つ角を走っていた岸部が突風に煽《あお》られたように吹っ飛んだ。路面に倒れたきり、石のように動かない。

鷲津は辻《つじ》まで突っ走った。左手の夜道を見ると、黒っぽい人影が遠のきはじめていた。岸部を狙撃《そげき》した犯人だろう。追っても、もう間に合わない。

鷲津は岸部に駆け寄った。頭部を撃ち抜かれた岸部は、すでに息絶えていた。

ひとまず、この場を立ち去ろうか。

鷲津は意図的《いとてき》に遠回りして、留衣の自宅のある通りに戻った。そのとき、相棒の荒巻から連絡が入った。

「猪狩尚志に会って、渋谷のスタンド割烹とクラブに行ってきた。道岡弁護士が射殺された三月五日の岸部のアリバイは完璧と言えそうだな。少なくとも、『岸部ハウスサービス』

の社長が事件の実行犯じゃないことは間違いないだろう。岸部が誰かに人権派弁護士を始末させた可能性は残っているがね」

「荒巻《アラ》、意外な展開になったんだ」

「え？」

「ついさっき、岸部がおれの目の前で何者かに射殺されたんだよ」

「なんだって⁉」

「道岡を始末した実行犯が雇い主が自分の名を吐くことを恐れて、手を打つ気になったのかもしれない」

鷲津は三日月を仰《あお》ぎながら、経緯《いきさつ》を詳しく喋りはじめた。

3

メールが続々と送られてきた。

荒巻はディスプレイの文字を目で追った。

アジトの洋館の地下室である。この家屋は、漁《すなどり》警察庁長官の母方の叔父が生前に住んでいた館《やかた》だ。二階家で、庭は割に広い。敷地は二百坪ほどだろう。

貿易商として成功した長官の叔父は、人間よりも西洋のアンティークに魅《み》せられていたらしい。ソファセットも調度品も、フランス製かイタリア製の年代物だった。玄関ホールの隅には、くすんだ銀色の甲冑《かっちゅう》が置かれている。

メールの発信者は田代警視総監だった。きのうの夜に射殺された岸部春生の事件の初動捜査の詳細と司法解剖の結果が伝えられた。

「やっぱり、凶器は中国製トカレフのノーリンコ54だったか」

背後でパソコンの画面を覗いていた鷲津が言った。

「薬莢《やっきょう》や弾頭に犯人の指紋や掌紋《しょうもん》はまったく付着してなかったから、道岡弁護士を射殺した奴の犯行だろう」

「おそらく、そうなんだろうな。荒巻《アラ》は、どう筋を読んでるんだ?」

「岸部に頼まれて道岡弁護士を始末した殺し屋《プロ》が何らかの理由があって、依頼人の口を封じたんじゃないのかな?」

荒巻は答えた。

「おれもそう読んでるんだが、なんとなく釈然としないんだよな」

「どこが?」

「常識では考えにくいよな、殺し屋が保身のために依頼人の口を封じるなんてさ」

「確かに、そうだな。しかし、道岡弁護士をシュートした実行犯が現職の自衛官とか警察官だとしたら、捜査の手が自分に迫れば、困ったことになる」

「そうだな。言われてみれば、昨夜《ゆうべ》、逃げた男の逃げ足はおそろしく速《はや》かった。組員崩れの殺し屋じゃなかったのかもしれないな」

「鷲津《ワシ》、殺された岸部の交友関係を徹底的に洗ってみよう」

「最初は岸部の実家を訪ねて、両親に会ってみるか。その後、愛人だった木崎留衣や元妻の安森玲子にも会ってみようや」

「ああ、そうしよう」

荒巻はパソコン・デスクから離れた。

二人は地下室から一階に上がり、手分けして戸締まりをした。それから、おのおの覆面パトカーに乗り込んだ。午後二時を過ぎていた。

捜査資料で、岸部の実家が練馬区石神井《しやくじい》にあることはわかっていた。

目的地には小一《こ》時間後に着いた。ごくありふれた二階家だった。家の前に警察車輛《しやりよう》やマスコミ関係者の車も見当たらない。

荒巻たちは、岸部宅の少し先の路上に覆面パトカーを駐めた。岸部宅まで歩き、インターフォンを鳴らす。

ややあって、スピーカーから年配の女性の声で応答があった。

「どなたでしょうか?」

「本庁の者です。失礼ですが、岸部春生さんのお母さんでしょうか?」

荒巻は問いかけた。

「ええ、母親の絹代《きぬよ》です」

「このたびは、とんだことでしたね。ご愁傷《しゅうしょう》さま……」

「事件のことでしたら、もう警察の方たちに何もかも正直に話しましたよ。ショックが大きくて、とてもお目にかかる気持ちになれませんの」

「お気持ちは、よくわかります。ですが、どうしても確認しておきたい事柄があるんですよ。手短に話を済ませますんで、玄関先まで入らせてもらえないでしょうか?」

「そういうことなら、ご協力しましょう。どうぞ玄関までお運びください」

相手の声が途切《とぎ》れた。

荒巻たち二人は門を潜《くぐ》り、踏み石を進んだ。玄関前には紫陽花《あじさい》が植えられている。玄関のドアを開けると、六十年配の女性が上がり框《かまち》に立っていた。

岸部春生の母親だった。絹代は二歳ぐらいの男児を抱っこしていた。荒巻は名乗ってから、相手に確かめた。

「その坊やは、息子さんのご長男の淳一ちゃんですね？」

「ええ、そうです。わたしの孫です。父親がこの世からいなくなったのをまだ理解できないようで、また春生が玩具を持ってきてくれると思い込んでるんですよ。息子はわがままな性格でしたけど、別れた嫁がもう少し辛抱《しんぼう》してくれていたら、淳一は親の愛情に接することができたんでしょうけどね」

「奥さんだった安森玲子さんが淳一ちゃんの親権移譲の提訴をしたことは、当然、ご存じでしょ？」

「もちろん、知ってますよ。でも、玲子さんがひとりで淳一を育てることは無理ですね。息子は絶対に親権は譲れないと言ってましたし、玲子さんの働きだけではとても養育はできませんよ。それなのに、彼女は民事提訴までして……」

「このまま、ご夫婦で淳一ちゃんをお育てになるおつもりなんですか？」

「そうするつもりです。まだ主人は六十四で、わたしは六十一なんです。淳一が大学を出るまでは、二人で面倒を見ます。春生の一粒種《だね》ですからね」

「ご主人はお出かけですか？」

「セレモニーホールで待機してるんです、午後三時に大学の法医学教室から春生の亡骸《なきがら》が運び込まれてくることになってるんで」

「そうですか。亡《な》くなられた息子さんは親権を巡る民事訴訟のことで、原告側の弁護士を逆恨《さかうら》みしてたようですね？」

「道岡とかいう弁護士は、春生が子育てを放棄《ほうき》してると一方的に極《き》めつけたみたいなの。それでね、息子は怒りだしたんですよ」

「春生さんは、玲子さんに提訴を取り下げろと凄《すご》んで暴力を振るったようなんです。それから、道岡弁護士にも度々《たびたび》、脅迫電話をかけてたみたいですね」

「そのことは、高輪署の刑事さんから聞きました。息子の行動に行き過ぎがあったことは認めます。春生は、それだけ淳一を手放したくなかったんですよ。そのあたりのことも汲《く》んでいただかないとね」

絹代が孫を抱き直し、ふっくらとした頬《ほお》を軽く人差し指でつついた。淳一が嬉《うれ》しそうに笑った。

「息子さんの知り合いに、現職の自衛官か警察官がいる？」

鷲津がぞんざいに絹代に問いかけた。

「どちらもいないと思うけど」

「そう。息子さん、仕事のことで何かトラブルを起こしてなかったかな？」

「リフォームのお客さんの甥《おい》っ子の露店商の男がいちゃもんをつけて、春生に工事代金を全額返せと再三要求してるって話を聞いたことはありますね」

「そのテキ屋の名前は？」

「えーと、大下登《おおしたのぼる》だったと思うわ。極友会《きょくゆうかい》の構成員で、四十三、四らしいの。その男の父親の妹が板橋《いたばし》に住んでて、自宅を全面的に改修したんですって。工事代金は一千八百万円ぐらいだったそうよ。お客の大下友子《ともこ》という方は工事代金を春生の会社の指定銀行の口座に振り込んだみたいなんだけど、甥がリフォーム詐欺だとか騒ぎだして、工事代金の返却をうるさく求めてきたらしいの」

「その大下登って男は、『岸部ハウスサービス』に押しかけたのかな？」

「息子が留守のときに高田馬場の会社に乗り込んで、社員たちに刺青《いれずみ》をちらつかせて、大声で凄《すご》んだんですって」

「そう」

「もしかしたら、その大下って男が春生を射殺したんじゃないのかしら？」

岸部の母親が呟《つぶや》いた。

「それは考えにくいな」

「あら、どうして？」

「息子さんを撃ち殺した奴が弁護士の道岡も射殺した疑いが濃いんだ。道岡と大下は何も接点がなかっただろうから、利害の対立はあるわけない」

「そうなの。でもね、春生が揉《も》めてた相手は大下登とかいう男だけなのよ。わたしは、そいつが怪しいと思いますけど。一応、その男のことを調べてみてくださいな」

「考えてみよう」

鷲津が曖昧《あいまい》に答え、口を閉じた。

そのとき、絹代が困惑顔になった。荒巻は振り向いた。玄関先に安森玲子が立っていた。

玲子は荒巻たち二人に会釈《えしやく》すると、三和土《たたき》に足を踏み入れた。

「春生さんが亡くなられて、びっくりしてます。お悔やみ申し上げます。お焼香させてもらえますか？」

「亡骸はこっちには搬送《はんそう》されてないの。司法解剖後は直接、石神井公園の近くにある『練馬セレモニーホール』に運ばれるのよ」

「わかりました。後で、そちらにうかがうことにします。ところで、折り入ってお願いがあるんです。弁護士の道岡先生ばかりではなく、春生さんも他界してしまいました。ですから、わたしに淳一の親権を委《ゆだ》ねていただきたいんです」

「あなた、なかなか強《したた》かね」

絹代が眉根《まゆね》を寄せた。

「どういう意味でしょう？」

「春生の遺産は、淳一が相続することになるわけよね。一年前に息子と離婚した玲子さんには一銭も入らないけど、多分、孫には数億円の遺産が転がり込むでしょうよ。そうなったら、あなたは優雅に暮らしながら、淳一を育てられるわけよね？」

「わたし、春生さんの遺産を当てにして、淳一を引き取りたいとお願いにきたんじゃありません」

「きれいごと言わないでよ。デパートの派遣《はけん》店員をやりながら、どうやって淳一を育てるつもりなんです？」

「しばらく姉夫婦に淳一を預けて、わたし、夜はレストランで皿洗いの仕事をするつもりなんです。それで多少の貯《たくわ》えができたら、淳一を保育所に托《たく》して、二つの仕事を掛け持ちでこなして……」

「かわいい孫にそんな寂しい思いをさせるわけにはいきませんよ。主人だって、そう思うに決まってます」

「春生さんの遺産を淳一に相続させなくても結構ですから、その子をわたしに引き取らせてください」

玲子が深々と頭を下げた。

「息子が亡くなったいま、淳一はわたしたち夫婦の宝物なのよ。この孫は、わたしたちが立派に育て上げるわ」

「時々、淳一の顔を見せにうかがいます。ですから、なんとかわたしに親権を譲ってください」

「お断りするわ。ご不満なら、裁判を継続してもいいわよ。わたしたち夫婦も有能な弁護士を雇って、とことん闘いますから」

「お義母《かあ》さん、淳一はわたしがお腹を痛めて産んだ子なんですよ」

「あなたに、お義母さんと呼ばれる筋合《すじあい》はないわ。死んだ息子とは一年前に赤の他人になったわけですからね。帰ってちょうだい」

絹代は孫を揺すり上げると、奥の部屋に引っ込んでしまった。玲子が涙声で呼びかけても、二度と姿は見せなかった。

「きょうのところは、いったん引き揚げたほうがいいと思いますよ」

荒巻は玲子に言った。

「でも、このまま帰るわけにはいきません」

「時間をかけて話し合えば、こちらのご夫婦もいつか折れてくれるでしょう」

「そうでしょうか？」

「話し合いがこじれたら、また裁判で争えばいいんですよ。ひとまず引き取ったほうがいいな」

「わかりました」

玲子が二人に一礼し、先に辞去した。

荒巻たちも玲子を見送ってから、岸部宅を出た。それぞれの車に分乗し、『練馬セレモニーホール』に向かった。

岸部の亡骸は冷凍室に安置されていた。荒巻たちは、故人の父親の岸部達男《たつお》にロビーで会った。だが、これといった手がかりは得られなかった。

荒巻たちは『練馬セレモニーホール』を出ると、岸部の愛人宅に覆面パトカーを走らせた。

木崎宅に着いたのは、およそ五十分後だった。

荒巻はインターフォンを鳴らした。しかし、応答はなかった。木崎留衣はパトロンが殺害されたことで強いショックを受けて、臥《ふせ》っているのか。

「留守みたいだな。出直そう」

鷲津が言った。荒巻は同意した。

そのすぐ後、玄関から留衣が現われた。化粧っ気はなく、髪の毛も乱れている。瞼《まぶた》が腫《は》れぼったい。さんざん泣いたのだろう。

「あんたが悪いのよ！」

留衣が鷲津を指さして、大声で喚《わめ》いた。

「おれが悪いって？」

「そうよ。あんたが岸部さんを取っ捕まえようとしたから、昨夜《ゆうべ》、彼はこの家から逃げたんだわ。あんたが訪ねてこなければ、岸部さんはずっと家の中にいたはずよ。そうしてれば、誰かに撃ち殺されずに済んだのに」

「岸部は命を奪われるような悪いことをしてたのさ」

鷲津が言い返した。留衣の表情が険《けわ》しくなった。

「ちょっと話を聞かせてもらいたいんですよ」

荒巻は名乗ってから、留衣に頼んだ。留衣は何も言わなかったが、まっすぐ門の前まで歩いてきた。

「岸部さんは生前、誰かと揉めてなかったかな？」

「なんとかってテキ屋の男に因縁《いんねん》をつけられて困ってたわね。詳しいことは知らないけど」

「そいつの名は大下登だね？」

「ええ、そんな名前だったわ。その男の叔母さんが岸部さんの会社に自宅の全面リフォームをさせたらしいんだけど、工事がずさんだったからって、代金をそっくり返せと脅迫してきたらしいのよ」

「そうなんだってね。それで岸部さんは、何か対抗策を講じたんだろうか」

「会社の下請け業者の中に関東義誠会の構成員がいるとかで、その男に逆に大下を脅してくれって頼んだみたいよ」

「その男の名前は憶《おぼ》えてる？」

「確か宇治克巳《うじかつみ》という名で、三十代の半《なか》ばのはずだわ。岸部さんの話だと、その男は謝礼の百万を受け取っておきながら、いちゃもんをつけてきた大下って奴をビビらせなかったようよ。岸部さん、宇治って男になめられたことをすごく怒ってたわ」

「そうか」

「あっ、もしかしたら、岸部さんは宇治に文句を言ったんじゃないのかしら？」

「それで宇治が逆上して、岸部春生をきのうの晩、射殺した？」

「そうなのかもよ。やくざなら、ピストルも簡単に入手できるんじゃない？」

「それはそうだろうが、その程度の理由で人殺しはしないと思うがな」

「ひょっとしたら、岸部さんは宇治をトラブル処理人として、以前から使ってたんじゃないのかな？　ほら、マスコミがリフォーム詐欺のことをよく取り上げてるでしょ？」

「そうだね」

「暴力団の組員も遣り繰り《シノギ》がきつくなったみたいだから、岸部さんの会社に難癖をつけて、小遣いを稼ぐ気になった奴もいたんじゃない？」

「それは考えられなくもないな」

「余計なことかもしれないけど、関東義誠会の宇治克巳って男をちょっと調べてくれない？　岸部さんにはいろいろ面倒見てもらったから、早く犯人に捕まってほしいの」

「パトロンが死んでしまったわけだから、この家から立ち退《の》くんだね？」

「ええ。自分では高い家賃を払えないから、今月中には引っ越して、お水《みず》関係の仕事に就《つ》こうと思ってんの」

「そうか。ま、頑張ってよ」

荒巻は言った。留衣が笑顔でうなずき、鷲津に敵意に満ちた眼差《まなざ》しを向けた。

「きのうの夜、わたしの兄を新宿中央公園で痛めつけたのはあんたなんでしょ？」

「まあな」

「兄が暴力団関係者だからって、あんなに痛めつけることはなかったでしょうが！　あんたのせいで、兄は全治一カ月の怪我をさせられたのよ。あんたを告訴してやるからねっ」

「好きなようにしてくれ。しかし、おれが咎《とが》められることはないだろうな」

「なぜよ？」

「おれは警視総監と警察庁長官、それから法務大臣の弱みを握ってるからさ」

鷲津が、もっともらしく言った。

「ほんとなの⁉」

「ああ」

「やくざよりも性質《たち》が悪い刑事ね」

「おたくたち兄妹《きようだい》が派手に騒ぎたてたら、二人とも殺《や》っちまうぞ」

「呆《あき》れた奴ね」

留衣が怯《おび》えた目で言い、家の中に逃げ込んだ。

「彼女、鷲津《ワシ》の話を真《ま》に受けたようじゃないか。悪い奴だ」

「下手に騒がれると、後が面倒だからな。それより、これからどうする？」

「関東義誠会の宇治克巳の犯歴照会をして、自宅に行ってみよう。ついでに、テキ屋の大下登の前科歴を洗ってみるか」

荒巻は言いながら、木崎宅から離れた。相棒がすぐに横に並んだ。

# 4

八階建てのマンションは新しかった。

新宿区若松町《わかまつちょう》の外れに建っている。抜弁天《ぬけべんてん》の交差点から、百メートルも離れていない。

関東義誠会の宇治克巳が借りている部屋は六〇四号室だ。

鷲津は、荒巻とともにマンションのアプローチを進んだ。夕闇《ゆうやみ》が漂いはじめていた。

出入口はオートロック・システムにはなっていなかった。管理人室も見当たらない。

鷲津たちはエントランスロビーに入り、エレベーターに乗り込んだ。すぐに函《ケージ》を上昇させる。

「宇治は傷害罪と覚醒剤《かくせいざい》取締法違反で二度も実刑を喰《くら》ってる。おそらく、いまも覚醒剤《シャブ》を体に入れてるんだろう」

相棒の荒巻が言った。

「ああ、多分な」

「宇治はおれたちに刃向かってくるかもしれない。鷲津《ワシ》、油断するなよ」

「おれは大丈夫だ。こいつを携帯してるからな」

鷲津はベルトの下に挟んであるサイレンサー・ピストルを軽く叩いた。

「おれも一応、ベレッタ・クーガーFを所持してる」

「そうか。宇治が暴れるようだったら、迷わず撃つんだな」

「臨機応変にやるよ」

荒巻が口を結んだ。

ちょうどそのとき、函《ケージ》が停止した。六階だった。二人はエレベーターホールに降り、歩《ほ》廊《ろう》を進んだ。居住者の姿はどこにも見当たらない。

鷲津はピッキング道具を使って、六〇四号室のドア・ロックを手早く解《と》いた。玄関の青いスチール・ドアを細く開け、室内に身を滑り込ませる。すぐに荒巻も入室した。

奥から男女の荒い息遣《いきづか》いが響いてくる。ベッドマットの軋《きし》む音も聞こえた。

宇治は情事の最中らしい。

鷲津は土足のまま、玄関ホールに上がった。間取りは1LDKだろう。短い廊下の先は、LDKになっていた。電灯は点《つ》いていない。

LDKの右側に寝室があった。ドアは半開きだった。照明の光が洩《も》れている。女の淫蕩《いんとう》な呻き声がもろに耳に届いた。

鷲津は抜き足でリビングまで歩き、マカロフPbを引き抜いた。荒巻は、すぐ後ろにいた。

鷲津は寝室を覗き込んだ。

三十五、六歳の男がベッドパートナーの両脚を肩に担《かつ》ぎ上げ、荒々しく腰を躍《おど》らせていた。男女とも全裸だった。

サイドテーブルの上には、幾つかのパケが載《の》っている。中身は覚醒剤だろう。男性覚醒剤常用者の多くは、セックスパートナーの性器や肛門に白い粉を塗《ぬ》りつける。そのことによって、性感が高まるからだ。

「野暮な真似《まね》はしたくないが、二人とも離れてもらおうか」

鷲津はベッドの真横に立ち、獣のように交わっている男女に声をかけた。

裸の二人が相前後して驚きの声を発した。女は二十二、三歳に見えた。顔の造作《ぞうさく》は整っていたが、目に生気がない。肌もかさついている。

「誰なんでえ、てめえら！」

男は女と結合したままで、声を張った。

「宇治克巳だな？」

「そうだが、何者なんでえ？」

「桜田門の者だ。ちょっと訊《き》きたいことがあるんで、行為を中断してくれ」

「いまは無理だな。葵《あおい》が深く感じて、ものすごく締めつけてんだよ。抜こうと思っても抜けねえんだ」

「そうかい」

鷲津はサイレンサー・ピストルのスライドを引き、ベッドマットに銃弾を埋めた。宇治が奇声を放ち、葵という女から離れた。

「女をリビングに移してくれ」

鷲津は相棒に言った。荒巻が葵にパンティーを穿《は》かせてから、居間に連れていった。

「二人で覚醒剤《シャブ》喰《く》いながら、エンドレス・セックスを娯《たの》しんでたわけだな？」

「パケに入ってるのは、喘息《ぜんそく》の粉薬だよ」

「ふざけんな。覚醒剤《シャブ》を体に入れたから、まだマラがおっ立ってるんだろうが！」

「韓国版のバイアグラを服《の》んだんだよ、おれは」

「時間稼ぎはさせねえぞ」

鷲津はベッドの際《きわ》まで歩み寄り、銃把《グリップ》の底で宇治の側頭部を強打した。宇治がフラットシーツの上に横倒れに転がった。

「とりあえず、トランクスを穿《は》けや」

「お巡りがこんなことをやってもいいのかよっ」

「おれたちは、ただの刑事じゃないんだ」

「それにしても、めちゃくちゃじゃねえか！」

「いいから、萎《しぼ》みかけてるシンボルを早く隠せ」

鷲津は両手保持で拳銃を構えた。

宇治が舌打ちし、床からプリント柄のトランクスを抓《つま》み上げた。じきに下腹部は見えなくなった。

「おれと葵を覚醒剤《シャブ》の件で逮捕《パク》りに来たのか？」

「そうじゃない。薬物のことは目をつぶってやるよ。どうせ何度検挙《アゲ》られても、覚醒剤《シャブ》とは縁が切れないだろうからな」

「案外、話がわかるじゃねえか」

宇治が言って、ベッドの上で胡坐《あぐら》をかいた。

「そっちは『岸部ハウスサービス』の用心棒めいたことをしてたな？」

「別に用心棒《ケツモチ》だったわけじゃねえよ。岸部社長に泣きつかれて、何度か揉め事をうまく収《おさ》めてやっただけさ」

「それだけか？」

「なんか含みのある言い方だな」

「岸部に頼まれて、殺し屋《プロ》を紹介してやったことがあるんじゃないのか？」

「そういうことを社長に頼まれたことはあるよ。岸部の旦那《だんな》は道岡とかいう弁護士が気に喰《く》わねえから、この世から消してえんだとか言ってた」

「で、どうしたんだ？」

「人殺しの片棒なんか担《かつ》ぎたくなかったんで、知り合いに殺し屋はいねえって答えておいたよ。そしたらさ、岸部社長はおれに道岡って男を半殺しにしてくれと言いだしたんだ。それから別れた奥さんをどこかに監禁して、覚醒剤漬《シャブづ》けにしてくれないかとも頼まれたよ」

「その話は、ほんとなんだな？」

「ああ。けど、おれは両方とも断った。昔と違って、刑務所《ムショ》帰りは箔《はく》なんかつかねえんだ。それどころか、組で冷遇されちまう。仮出所したら、おれの舎弟だった奴が幹部になってたこともあったな。だから、なるべく実刑を喰うようなことはしねえようにしてきたわけよ。覚醒剤《シャブ》だけはやめられねえけどな」

「極友会の大下登を黙らせてくれと岸部に頼まれて、先に百万円の謝礼を貰《もら》ったよな？」

鷲津は確かめた。

「なんでそんなことまで知ってんだよ⁉」

「そんなことよりも、どうなんだ？」

「ああ、頼まれたよ。大下ってテキ屋は、叔母さんがリフォーム詐欺に引っかかったと『岸部ハウスサービス』にクレームをつけてさ、工事代を全額返却しろって凄んだらしいんだ」

「大下を黙らせようとしなかったんだな？」

「ちょっと事情があって、大下って男に威《おど》しをかけるわけにはいかなかったんだよ」

「その事情とは何なんだ？」

「まだ関東義誠会の盃《さかずき》を貰う前のチンピラ時代におれは住川《すみかわ》会の奴らと揉めたことがあるんだが、そのとき、いまの極友会の会長になってる方に話《ナシ》をつけてもらったんだよ。その方が居合わせなかったら、おれはおそらく半殺しにされてただろう」

「そんなことがあったのか」

「そうなんだよ。大下って奴とは一面識もないんだけど、極友会の構成員を締めたら、恩人に矢を向けたことになるじゃねえか。そうだろ？」

「まあな」

「だからさ、岸部社長には大下がなかなか捕まらないと嘘ついて、頼まれた件を一日延ばしにしてたんだよ。そのうち銭は返すつもりだったんだが、岸部社長が誰かに殺《や》られちまったんで……」

「岸部が射殺されたとき、そっちはどこで何してた？」

「葵とここでナニしてたよ。嘘じゃねえって。葵に確かめてくれてもいいぜ」

宇治がそう言い、鷲津を見据えた。視線が合っても、彼は目を逸《そ》らさなかった。疚《やま》しさがあると、つい人間は視線を外してしまうものだ。

「岸部の会社はリフォーム詐欺まがいのことをしてたんだな？」

「それは……」

「捜査に協力する気がないんだったら、新宿署の生活安全課に連絡するぜ。家宅捜索すれば、パケや注射器《ポンプ》のほかに銃刀も見つかるだろうからな」

「話が違うだろうが！」

「おれは気が変わりやすいんだよ」

「悪党だな、おたくは」

宇治がぼやいた。

「どうする？」

「岸部の旦那はもういねえんだから、喋っちまうよ。社長は認知症気味の高齢者を狙って、リフォームの注文を営業の奴らに取らせてたんだ。それで必要もない断熱材や補強材をふんだんに使って、工事代金を膨《ふく》らませてたんだよ。建材に二百万かかったら、十倍近いリフォーム代を請求してた。だから、ボロ儲《もう》けしてたはずだよ」

「やっぱり、そうか」

「だけどさ、元妻に息子の親権のことで民事提訴されてからは、岸部社長、べらぼうな吹っかけ方は控えてたね。原告側の弁護士に会社の不正の事実を握られたら、裁判に負けるかもしれないと思ったんじゃねえの？」

「そうなのかもしれない。それはそうと、下請け業者の中で人殺しを請《う》け負《お》いそうな奴はいないか？」

「そんな野郎はいねえと思うよ。岸部社長が道岡とかいう弁護士を誰かに殺《や》らせたんだとしたら、犯行《ヤマ》踏んだのは不良外国人なんじゃねえの？　中国人マフィアは百万程度の成功報酬でも殺人《コロシ》を請け負うって噂《うわさ》だからな」

「そっちの推測には、うなずけない」

「どうして？」

「岸部もノーリンコ54で撃たれてるんだ。仮に実行犯がチャイニーズ・マフィアの一員だとしたら、岸部を殺《や》らなきゃならない動機がないからな」

「とは言い切れねえぜ。弁護士を撃ち殺した中国人殺し屋が、依頼人の岸部社長から口止め料をせしめようとしたとも考えられるじゃねえか。殺しの報酬に満足できなくてさ。けど、岸部の旦那は相手の要求を拒《こば》んだ。それで、射殺されちまったのかもしれないぜ」

「麻薬中毒者にしては、頭が冴《さ》えてるじゃないか」

　鷲津は冷やかした。

「覚醒剤《シャブ》が体に入ってると、ふだんよりも頭がすっきりするんだ。皮膚感覚も鋭くなるから、セックスも最高によくなるんだよ。葵と二時間近く繋がってたこともある。不思議なことに、硬度は持続しつづけるんだ。だから、葵も覚醒剤《シャブ》と縁を切れねえわけさ」

「彼女とは同棲してるのか？」

「ああ。葵は短大生のときに親と喧嘩して、家出したんだ。風俗嬢をやってたころに知り合って、おれが面倒を見るようになったんだよ」

「少しは彼女に惚《ほ》れてるのか？」

「まあな」

「大切な女だと思ってるんだったら、覚醒剤《シャブ》はやめさせるんだな」

「もう遅いね。葵もおれも、意志が強くねえからさ」

　宇治が自嘲《じちょう》的に笑った。

　そのとき、リビングから葵の喚《わめ》き声がした。

「あたしを連行する気なら、ベランダから飛び降りるからね」

「落ち着くんだ」

荒巻の声だ。

「あたしの兄貴は中学校の教師なのよ。あたしが覚醒剤で捕まったら、兄貴は辞表を書かなきゃならなくなっちゃう。あたし、両親は嫌いだけど、兄貴にはかわいがってもらってたのよ。だから、迷惑かけたくないの」

「きみを逮捕なんかしないよ。おれたちは別件の情報集めをしてるだけなんだ。こっちに来て、椅子《いす》に坐ってくれ」

「駄目、立ち上がらないで！　こっちに来ないでちょうだいっ」

葵が叫び、何か物を投げはじめた。

引き揚げることにした。

鷲津は寝室を出た。葵は乳房を晒《さら》したまま、ベランダ側のサッシ戸にへばりついていた。荒巻はリビングソファに腰かけ、当惑している。

「荒巻《アラ》、帰ろう」

鷲津は相棒に声をかけ、先に玄関ホールに足を向けた。

二人は宇治の部屋を出ると、エレベーターホールに直行した。函《ケージ》に乗り込んでから、鷲津は口を開いた。

「心証では、宇治はシロだな。奴は弁護士も殺《や》ってないし、岸部も撃ってないと思うよ」

「無駄骨を折っただけか。テキ屋の大下登も二つの殺人事件には関与してないのかもしれないな」

「そうだな。しかし、一応、大下にも会ってみよう。大下の家《ヤサ》は北区の赤羽《あかばね》にあるんだっけな？」

「ああ、赤羽三丁目に住んでるはずだよ」

荒巻が答えた。

二人はマンションを出ると、それぞれの覆面パトカーの運転席に入った。大下登の自宅に着いたのは四十数分後だった。

古ぼけた一軒家だが、敷地は割に広かった。門灯が点《つ》き、家の中も明るい。

インターフォンを鳴らすと、丸刈りの若い男が玄関から現われた。白いジャージの上下姿で、ゴールドのブレスレットを右手に嵌《は》めていた。大下の子分だろう。

「警視庁の者だが、大下登はいるか？」

鷲津は問いかけた。

「用件を言ってもらえますか？」

「おれの質問に答えろっ」

「兄貴は居間で飲んでます。玄関を入って、左側に居間はあります。でも、上がる前に用件を言ってくださいよ。おれがきちんと取り次《つ》ぎますから」

丸刈りの男が言って、鷲津の前に立ち塞《ふさ》がった。鷲津はエルボーで相手を弾《はじ》き、玄関戸を横に払った。

「なんだよ、いきなり！」

若い男がいきなり立ち、鷲津に組みついてきた。鷲津は相手を撥《は》ね腰で投げ飛ばした。荒巻が丸刈りの頭を摑み起こし、なだめはじめた。

鷲津は三和土《たたき》に足を踏み入れた。

そのとき、奥から四十絡《がら》みの角刈りの男が飛び出してきた。段平《だんびら》を手にしている。鍔《つば》のない日本刀だ。まだ鞘《さや》は払われていない。

「なんの騒ぎなんだっ」

「警察の者だ。極友会の大下登だな？」

鷲津は言いながら、警察手帳を短く呈示した。大下がうなずき、慌《あわ》てて段平を背の後ろに隠す。

「銃刀法違反になるな」

「模造刀なんだよ、こいつは」

「もっと上手な嘘をつけや。ま、いいさ。銃刀法違反には目をつぶってやろう。その代わり、岸部春生絡みの話は正直に話してほしいな」

「何をお調べなんです？」

「あんたは叔母の大下友子がリフォームの詐欺に引っかかったと『岸部ハウスサービス』にクレームをつけて、工事代金をそっくり返せとだいぶ凄んだようだな？」

「おれ、間違ったことをしたとは思っちゃいません。岸部の会社は、叔母が少し惚《ぼ》けてるのをいいことにリフォーム代金を大幅に吹っかけてたんだ。年寄りを騙《だま》すような悪徳業者は取っちめてやらなきゃね」

「それについては、同感だな。しかし、談判《だんぱん》の仕方がちょっと荒っぽかったんじゃないのか。あんたは刺青《いれずみ》をちらつかせて、凄んだらしいからな」

「そこまでやらなきゃ、先方が誠意を見せないと思ったからですよ」

「ま、いいさ。岸部は、あんたの談判にはビビらなかった。当然、あんたは怒りを募《つの》らせた。そうだね？」

「当たり前ですよ。こっちは、そのへんの勤め人じゃないんだ。十代後半から、男稼業を張ってきたんです。堅気になめられたんじゃ、渡世はできないからね」

「腹の虫が収まらないあんたは、岸部をぶっ殺したくなった。しかし、自分で手を下《くだ》したら、すぐに取っ捕まってしまう。そこで、第三者に岸部を……」

鷲津は揺さぶりをかけてみた。すると、大下が高く笑った。

「何がおかしいんだ？」

「刑事さん、おれは十代や二十代のチンピラじゃない。岸部の不誠実さには腹の底から憤《いきどお》りを覚えたが、数十人の若い者を束《たば》ねてる人間《もん》です。激情に駆られ、岸部を誰かに殺《や》らせて逮捕《パク》られたら、兄貴分として失格ですよ。そうでしょうが？」

「ま、そうなんだが、おたくたちの稼業は何よりも面子《メンツ》を大事にしてる」

「それはその通りなんですが、四十代になれば、それなりの分別《ふんべつ》もありますさあ。第三者に岸部を始末してくれなんて、絶対に頼みませんよ」

「あんたの言葉を信じよう。ところで、あんた、道岡って弁護士とは何か関わりがなかった？」

「その方が射殺されたことはテレビのニュースで知ってますさあ。けど、まったく面識はありませんでした」

「そうか」

「おれが岸部と道岡弁護士を誰かに殺《や》らせたと疑ってるとしたら、見当外れも甚《はなは》だしいな」

「別に怪しんでたわけじゃないが、一応、探《さぐ》りを入れてみたんだ」

「そうですかい。岸部と弁護士の先生は何かで利害が対立してたのかな？」

「だとしたら？」

「そうだったんなら、岸部が殺し屋でも雇って、その弁護士を殺《や》らせたんじゃないんですか？　岸部って奴は、どこか冷酷そうでしたからね」

「だったら、岸部は誰に始末されたんだい？」

「さあ、そこまでは見当がつきませんね。おおかた、岸部はリフォーム詐欺のほかにも何か悪辣《あくらつ》なことをやってたんでしょう。だから、殺されたにちがいありませんや」

「そうなのかもしれない。岸部のことを洗い直してみるよ」

鷲津は大下に言って、目顔《めがお》で相棒を促《うなが》した。

二人は大下宅を出ると、ほとんど同時に溜息《ためいき》をついた。

# 第三章　卑劣な高額詐欺《さぎ》

## 1

事務機器は、うっすらと埃《ほこり》を被《かぶ》っていた。

虎ノ門にある道岡法律事務所だ。雑居ビルの七階だった。

三十畳ほどの広さで、出入口のある事務フロアには二卓のスチール・デスク、ＯＡ機器、キャビネットが据《す》えられている。間仕切り《パーティション》の向こう側は所長室だ。桜材《さくらざい》の両袖机《りょうそで》と応接ソファセットが見える。

荒巻は事務所の中を眺《なが》め回した。

相棒と一緒に宇治克巳や大下登に会った翌日の午後三時過ぎである。ビルの管理会社の許可を得て、亡《な》くなった道岡弁護士のオフィスに足を踏み入れたのだ。

ひとりだった。鷲津は安森玲子に会って、彼女の元夫の岸部春生に関する情報を集めることになっていた。

――この事務所に不法侵入したわけじゃないから、じっくり検《しら》べさせてもらおう。

荒巻は壁際にずらりと並んだスチール・キャビネットに近づいた。扉を次々に開ける。年代順に公判記録が収めてあった。刑事事件が目立つ。民事裁判は数えるほどしか手がけていない。

道岡はベテランの弁護士でありながら、刑事当番弁護士も務《つと》めていた。

刑事当番弁護士制度は、何年も前に日弁連と各都道府県の単位弁護士会が協力し合って創設された。当番弁護士は連日、被疑者に接見し、法的な助言を与えなければならない。一回までは無償だ。

被疑者に私選弁護士に指定されれば、報酬を得られる。依頼人に経済的な余裕がない場合は、日本司法支援センター（愛称「法テラス」）が弁護士費用を立て替えてくれる。

ちなみに被疑者が公費で弁護をしてくれる国選弁護人の保護を受けられるのは、起訴されてからだ。つまり、被告人になったときである。

その時点では、警察や検察の取り調べはすでに済んでいる。

冤罪《えんざい》事件の多くは、拷問や誘導による自白強要など取り調べの段階で生まれると言ってもいい。国選弁護人は被告人に黙秘権など法的な権利があることを説明するだけで、裁判所の公開法廷で起訴事実を覆《くつがえ》すことは稀《まれ》である。

そこで、刑事当番弁護士制度が生まれたわけだ。しかし、登録弁護士の数は少ない。面倒なことばかり多く、たいした収入を得られないからだ。

登録弁護士の大半は若手である。残りは依頼人を獲得できない商売下手な中堅か、正義感の強い人権派だ。

ベテランの道岡が当番弁護士まで務めていた事実は驚きだった。それだけ彼は、人道主義を貫いたのだろう。

惜《お》しい人物を喪《うしな》ってしまった。

荒巻はファイルされた裁判記録を一冊ずつ棚から抜き出し、順番に目を通した。

だが、事件に関わりのありそうな事柄や記述は見当たらなかった。荒巻は事務フロアから所長室に移った。

机の背後の書棚には、法律書がびっしりと詰まっていた。荒巻は両袖机に歩み寄った。

机上には、商業登記簿謄本《とうほん》や自己破産申立書などが積み重ねられている。

荒巻はアーム付きの回転椅子《いす》に腰かけ、机の引き出しを上段から開けてみた。最下段には一冊のスクラップブックが収まっている。

荒巻は、それを手に取った。

石油採掘《さいくつ》事業、光ファイバー通信事業、本鮪《ほんまぐろ》養殖ビジネス、海外株投資ビジネス、福祉関連事業などの投資詐欺《さぎ》事件を報じた新聞や雑誌の切り抜きが貼付《ちょうふ》されていた。それらの事件の被害者は共通して、六十五歳以上の高齢者ばかりだった。

それぞれが平均二千万円を騙《だま》し取られていた。中には巧《たく》みな投資話に乗せられ、五千万円もの大金を奪われた老夫婦もいる。

デフレ不況になったとたん、年配者が投資詐欺事件の被害者になるケースが激増した。預金金利が極端に低かったため、利殖に走る人々が増えたからだろう。

欲を出した被害者たちにも落ち度はあったのだろうが、高齢者たちの老後の生活費をそっくり詐取《さしゅ》する犯罪はあまりにも卑劣《ひれつ》だ。道岡弁護士は被害者に同情し、何らかの形で彼らを支援する気だったのかもしれない。

リフォーム詐欺めいたことをしていた岸部春生は、別の投資話で老人たちから金を騙し取ったのだろうか。

荒巻は、ふと思った。

道岡弁護士は、民事訴訟の弁護活動中にそのことを知ったのではないか。岸部の投資詐欺には、共犯者がいたにちがいない。そう考えれば、道岡と岸部が相次《つ》いで射殺されたことも得心《とくしん》できる。

その共犯者は、いったい誰なのか。謎の人物を突きとめれば、事件はたちまち解決するかもしれない。

荒巻はスクラップブックを最下段の引き出しに戻し、相棒の携帯電話を鳴らした。電話口に出た鷲津は寝ぼけた声だった。

「まだ寝てたのか？」

「ああ。きのう、知り合いの女が深夜に訪ねてきたんだよ」

「女遊びも結構だが、せめて特捜任務中は控えるべきだな」

「おれが職務で何か失敗《ドジ》踏んだことがあるか？」

「それはないが……」

「だったら、説教めいたことは言うな。そっちは、おれの上司じゃない。ただの相棒なんだ」

「寝起きが悪い奴だな。何も突っかからなくてもいいじゃないか。綾香が、妹が鷲津《ワシ》のことを諦《あきら》めてくれてよかったよ」

「何か動きがあったのか？　それなら、早く言ってくれ」

「野菜不足だな、おまえは」

「え？」

「ビタミンの摂取量《せっしゅりょう》が少ないと、怒りっぽくなるし、寝覚めもよくないんだってさ。テレビの健康番組で医者がそう言ってた」

「余計なお世話だ。早く本題に入ってくれ」

「わかったよ。道岡弁護士のオフィスで、ちょっと気になるスクラップブックを見つけたんだ」

荒巻はそう前置きして、経過を伝えた。さらに推測したことも明かした。

「岸部春生がリフォーム詐欺とは別に儲《もう》け話を餌《えさ》にして、年寄り連中から虎の子を騙し取ってたんだとしたら、荒巻《アラ》が言ったように二つの殺人事件は繋がるな」

「そうだろ？　道岡弁護士と岸部春生は『岸部ハウスサービス』の社長の共犯者に始末されたんだと思うよ。その共犯者が自分の手を直《じか》に汚したのかどうかは、まだ何とも言えないけどな」

「大筋では、そうなのかもしれない」

「岸部の元妻の安森玲子に会ったら、元亭主の交友関係を必ず探《さぐ》り出してくれ」

「ああ、わかったよ。そっちは、これからどうするんだ？」

「弁護士秘書をやってた天童麻美の自宅に行ってみるよ」

「そうか。おれは玲子に接触する」

鷲津が通話を切り上げた。

荒巻は終了キーを押し、携帯電話を折り畳んだ。数秒後、着信音が響いた。

発信者は三上由里菜だった。

「先日の手料理、うまかったよ。招集の電話がかかってこなかったら、もっと思い出深い夜になったと思うんだがね」

「ええ、わたしも残念だったわ。でも、楽しみはとっておいたほうがいいって言うから、かえってよかったのかもね」

「そう考えることにしよう」

「きょう、電話したのは、あなたに協力してほしいことがあったからなの」

「話してみてくれよ。できる限り力になるからさ」

「ありがとう。三月五日の夜、人権派弁護士として知られてた道岡斉、五十四歳が高輪の自宅マンション近くの路上で殺されたわよね？」

「ああ」

荒巻は驚きを隠して、淡々と応じた。

「高輪署に捜査本部が設置されてるはずなんだけど、捜査状況を本庁捜一《そういち》から聞き出してもらえないかしら？」

「どうして弁護士殺しの事件に興味を持ったんだい？」

「きょうの午後一時過ぎに大阪の千里《せんり》ニュータウン裏の雑木林で白骨化した男性の死体が発見されたんだけど、その遺体の衣服の中に運転免許証と名刺入れが入ってたのよ。土の中に埋められたと思われる人物は文珠惣司《もんじゅそうじ》という名で、生きてれば満五十八歳になってるはずなの。名刺入れにはね、道岡法律事務所 嘱託《しょくたく》調査員という肩書入りの名刺が十七枚入ってたのよ。だから、見つかった白骨体は文珠という調査員と考えてもいいと思うの」

「そうだね」

「なんだか当惑してるみたいだけど、何か都合が悪いの？」

　由里菜が問いかけてきた。

　荒巻は、とっさに返事ができなかった。特捜指令の内容を外部の者に漏《も》らすわけにはいかない。しかし、由里菜の情報はもっと詳しく知りたかった。

　いっそ彼女に超法規捜査のことを打ち明け、情報交換すべきか。そんな思いも胸を掠《かす》めた。

「ね、どうしちゃったの？」

「その殺人事件は警察学校で同期だった奴が担当してると思うんだが、口の堅い男だからなあ」

「そうなの。そういうことなら、無理しないで」

「役に立てなくて、申し訳ない！」

「ううん、気にしないで。わたしは、弁護士殺しと白骨化した死体はリンクしてると思ってるの。おそらく文珠という調査員は道岡弁護士に依頼されて、何か犯罪の確証を摑《つか》もうと動いてたんでしょう」

「考えられるね。文珠とかいう調査員は、突きとめたことを雇い主の弁護士に伝えた。それだから、二人とも口を封じられてしまった。おおかた、そんなことなんだろう」

「そうなんでしょうね。わたし、これから千里の所轄署に行って、文珠という調査員がどこで何を調べてたのか、取材してくる」

由里菜が言った。

「何かわかったら、教えてほしいな。人権派弁護士射殺事件は個人的に気になってるんだよ」

「あら、どうしてなの？」

「道岡弁護士の高潔な生き方に憧《あこが》れてたからさ」

荒巻は言い繕《つくろ》った。

「そうなの。わたしもメディアを通じてしか知らないんだけど、道岡弁護士の志《こころざし》の高さには敬服してたわ。あれだけ弁護士として優秀だったわけだから、その気になれば、一流企業の顧問弁護士になれたと思うの」

「そうだね。それで年収四、五億円は稼げたろう。しかし、道岡氏は富を追ったりしなかった。自分の信念を決して曲げなかったことが、偉いよな?」

「ええ、そうね。わたしたち、価値観もよく似てるのねえ。嬉《うれ》しいわ」

「おれもだよ」

「文珠惣司さんのことで何かわかったら、あなたに教えてあげる。それじゃ、またね」

由里菜が電話を切った。

荒巻は携帯電話を折り畳みながら、思わず顔を綻《ほころ》ばせた。由里菜がもたらしてくれた情報が捜査を大きく進展させてくれそうな予感を覚えたからだ。

荒巻は、相棒にふたたび電話をかけた。しかし、繋がらなかった。どうやら鷲津はシャワーを浴びているようだ。あるいは、トイレに入っているのか。

荒巻は道岡法律事務所を出て、ビルの管理会社にフーガを走らせた。借りたスペアキーを返却し、天童麻美の自宅マンションに向かう。

捜査資料を見て、麻美の自宅マンションが大田区東《ひがし》馬《ま》込《ごめ》にあることはわかっていた。

桜田《さくらだ》通りをたどって、そのまま第二京浜国道を進む。目的のマンションは、環七《かんなな》通りの近くにあった。洒落《しゃれ》た外観の建物だった。九階建てだ。

荒巻は覆面パトカーをマンションの前の通りに駐《と》め、エントランスに歩《ほ》を進めた。

出入口はオートロック・システムになっていた。集合インターフォンに片腕を伸ばし、麻美の部屋番号を押す。八〇二号室だ。

待つほどもなく、スピーカーから麻美の声が流れてきた。

「どちらさまでしょう?」

「警視庁の荒巻です」

「あっ、はい……」

「アポもなしで、ご自宅まで押しかけてきて申し訳ありません。実は、少しうかがいたいことがありまして」

「そうですか。いま、オートロックを解除しますんで、どうぞ八階の部屋までお越しくださいさい」

「はい」

荒巻はマンションのエントランスロビーに足を踏み入れた。床は人工大理石で、ところどころに観葉植物の鉢が置かれている。

——こんな洒落《しゃれ》たマンションに住めるんだから、弁護士秘書の給料は悪くなかったんだろう。いや、そうじゃなく、実家が金持ちなのかもしれないな。

荒巻はエレベーターで八階に上がった。

八〇二号室のインターフォンを鳴らすと、ほどなく象牙色《ぞうげいろ》のドアが開けられた。現われた麻美は黒い半袖のTシャツを着ていた。下は白のパンツだった。軽装のせいか、若々しく見える。

荒巻は居間に通された。間取りは1LDKだった。

「いい部屋ですね」

「ここは父が昔、セカンドハウスとして使ってたんです。分譲なんですが、わたしが月に五万円の家賃で借りてるんですよ」

「それは恵まれた話だな。ところで、道岡先生の自宅の荷物はもう片づけられたんですか？」

「ええ。後は事務所を引き払いませんとね。どうぞお坐りになってください」

麻美がそう言い、ダイニングキッチンに足を向けた。

荒巻はロータイプのリビングソファに腰かけた。居間の壁にはリトグラフが飾ってあるだけで、シンプルな印象を与える。

麻美が洋盆《トレイ》を両手で捧《ささ》げ持ち、摺《す》り足でやってきた。トレイには、二つのコーヒーカップが載《の》っていた。

「どうかお構いなく」

「わたし、ちょうどコーヒーを飲みたいと思ってたんです」

「そうですか。恐れ入ります」

荒巻は軽く頭を下げた。

麻美が二つのコーヒーカップをセンターテーブルに移すと、荒巻の前に腰かけた。

「早速ですが、ここに来る前に虎ノ門の事務所の中に入れてもらったんです。ビルの管理会社の許可を貰《もら》ってね」

「そうなんですか。高輪署の刑事さんが捜査資料として道岡先生の電子手帳や電話メモなんかを署に持ち帰ったままなので、これといった手がかりは得られなかったんじゃありません？」

「それでも、ちょっと気になるスクラップブックを見つけましたよ」

荒巻は詳しい話をした。

「先生は何年も前から、犯罪に巻き込まれた高齢者たちに支援の手を差し延べてたんです。首都圏に住まれてる犯罪被害者には直《じか》に会って、無料で法律相談に乗ってました。遠くに住んでる方々には、手紙や電話でアドバイスをされてましたね」

「立派だな。そこで教えていただきたいんですが、道岡弁護士が詐欺に引っかかった高齢者に何か支援活動をしてました？」

「この一年は大きな裁判を常に複数抱えてましたんで、その種のボランティア活動はしてませんでしたね。時間的な余裕がなかったんですよ」

「そうだろうな。話は変わりますが、道岡法律事務所に文珠惣司という嘱託調査員がいました？」

「ええ。文珠さんは大手生命保険会社の調査部を四、五年前に早期退職されて、何人かのベテラン弁護士と特約契約を結んで、さまざまな調査をなさってたんです。道岡先生は年に五、六回、文珠さんに調査を依頼してました」

「そのたびに、文珠さんは虎ノ門の事務所に顔を出されてたんですね？」

「いいえ、文珠さんが事務所に来られたのは年に一、二回でした。道岡先生は外で文珠さんと会われて、調査報告を受けてたんです。文珠さんはお酒がお好きみたいだから、先生は労を犒《ねぎら》う意味で一杯ご馳走《ちそう》してたんでしょうね」

「なるほど」

「文珠さんは五カ月ほど前に関西に調査に出かけたまま、行方がわからなくなってしまったんですよ」

「まだ確認はできてないんですが、文珠さんと思われる白骨体が大阪の千里ニュータウン裏の雑木林で午後一時過ぎに発見されたそうなんです」

「えっ⁉」

麻美が絶句した。

「その情報は知り合いのテレビ局の報道記者から入手したんですが、おそらく文珠さんなんでしょう。わたしは、文珠さんが道岡弁護士の依頼で何か調査中に殺害されて、雑木林の土の中に埋められたのではないかと思ったんです。道岡弁護士が文珠さんにどんな調査を依頼したのか、あなたなら、見当がつくかもしれないと考え、お邪魔したんですよ」

「そうだったんですか。ですけど、わたしにはまるで見当がつきません。先生は文珠さんに何か調査を頼んでも、その内容についてはいちいち語ってくれませんでしたので」

「そうですか」

「もしかしたら、文珠さんはほかの弁護士の先生に頼まれて、関西に調査に出かけたのかもしれませんね」

「そうなんだろうか。文珠さんが特約契約を結んでた弁護士の方たちの氏名と連絡先はわかります？」

「いいえ、わたしは存じません。先生から文珠さんが四、五カ所の法律事務所に出入りしてるという話を聞いただけですので」

「そうですか。文珠さんの自宅の住所はわかります？」

「年賀状の遣《や》り取りをしてましたんで、住所はわかると思います。少々、お待ちになってください」

麻美がソファから立ち上がり、隣接している洋室に入った。

荒巻はコーヒーをブラックで啜《すす》った。豆はブルーマウンテンのようだった。

じきに麻美が戻ってきた。手にした道岡宛の年賀状には、文珠惣司の自宅の住所が記《しる》されていた。神奈川県の武蔵小杉《むさしこすぎ》だった。電話番号も添えられている。

なぜ麻美は秘書なのに、文珠の住所を知らないのか。不審に思えたが、あえて口にはしなかった。

荒巻はメモをして間もなく、麻美の自宅を辞去した。

マンションを出て、覆面パトカーに乗り込む。荒巻はメモを見ながら、文珠惣司の自宅に電話をかけてみた。しかし、留守録モードになっていた。

大阪の警察から連絡があって、文珠の家族は関西に向かったのかもしれない。

荒巻はフーガのエンジンを始動させた。

## 2

家具売場に着いた。

丸越デパート新宿店の六階だ。鷲津は函《ケージ》を出て、大股《おおまた》で売場を巡《めぐ》った。

だが、安森玲子はどこにもいなかった。元夫の岸部の通夜《つや》に列席するため、欠勤したのだろうか。午後四時半過ぎだった。

応接セットが陳列されているコーナーに、四十代後半の男性店員が立っている。鷲津は、その男に近づいた。

「安森さんの姿が見えないようだが……」

「申し訳ありません。安森は親類に不幸があったとかで、欠勤しているんです。お客さまなんですね？」

「先々月、ここで食器棚を買ったんだ。そのとき、安森さんが接客してくれたんだよ」

「そうですか。お買い上げいただいた商品に何か欠陥でも？」

相手は、鷲津の嘘《うそ》を少しも疑っていない。

「そうじゃないんだ。来月、学生時代の友人が結婚するんで、お祝いに食器棚でもプレゼントしようと思ってるんだよ」

「それでしたら、わたくしが商品説明をさせていただきます」

「せっかくだが、出直そう。安森さんの売上に協力したいんでね。彼女、なんとなく接客が下手そうな感じだよな？」

「そうでしょうか」

「だからさ、なんか保護本能をくすぐられちゃったんだ。そういうわけだから、また来るよ。悪いね」

鷲津は言って、エレベーターホールに引き返した。刑事であることを明かさなかったのは、玲子が働きにくくなってはいけないと考えたからだ。

練馬のセレモニーホールに行けば、多分、安森玲子に会えるだろう。

鷲津はエレベーターで、地下二階の駐車場まで下降《かこう》した。

ジープ・チェロキーに乗り込み、石神井に向かう。目的のセレモニーホールに到着したのは、およそ四十分後だった。

鷲津はセレモニーホールの駐車場に覆面パトカーを置き、一階ロビーに入った。

すると、黒いスーツ姿の安森玲子が奥のソファに坐っていた。誰かを待っている様子だった。

鷲津は玲子に歩み寄った。玲子が目を丸くした。

「刑事さんが、なぜ、ここに⁉」

「あんたに訊《き》きたいことがあったんだ。それで、勤め先のデパートに行ったんだが……」

「そうでしたの」

「元旦那《だんな》の亡骸《なきがら》とはもう対面したのかな？」

鷲津は問いかけ、玲子と向かい合う位置に腰を据《す》えた。

「ええ、さっき。岸部の暴力に耐えられなくなって離婚したのに、死顔を見たとたん、視界が涙でぼやけてしまって」

「それはそうだろうな。元夫なんだし、息子さんの父親でもあるわけだから」

「そうですね」

「誰かを待ってるようだね？」

「故人の母親が間もなく淳一を連れて、このセレモニーホールに来るらしいんです。わたし、もう一度、義母だった絹代さんに親権を譲ってほしいと頼んでみようと思ってるんです」

「そう」

「少し前に岸部の父親に会ったんですが、元義父はわたしが淳一を育てたほうがいいのかもしれないと言ってくれたんですけど、元義母は孫を溺愛《できあい》してますんで、親権を手渡してくれるかどうか」

「そうだね」

「元義父にはさきほど打ち明けたんですけど、わたし、血液の難病に罹《かか》ってしまったんです。白血病の一種で、抗癌剤《こうがんざい》が効かないようだったら、余命一年そこそこだろうと宣告されたんですよ」

「そうなのか」

「そう遠くないうちに入院しなければならないんです。ですから、淳一を姉夫婦に預けて、いつでも息子の顔を見られるようにしたいんですよ。そのことを元義母に話して、淳一を手放してくれと頼むつもりです。親権なんて、もうどうでもいいんです。死ぬまで、息子の成長をこの目で見届けたいだけなの」

　玲子がくぐもり声で言い、ハンカチで目頭を押さえた。

「白血病に罹ったからって、すべての患者が命を落とすわけじゃない。現に有名な歌舞伎《かぶき》役者や男優が白血病と闘って、仕事に復帰してるじゃないか」

「ええ、そうですね。もちろん、わたしも自分の病気と闘い抜く気でいます。淳一のためにも、一日でも長く生き延びたいですから」

「そうだよ。お母さんなんだから、逞《たくま》しく生き抜かないとな」

「はい」

「ところで、殺された岸部春生はリフォーム詐欺まがいのほかに、何か危《ヤバ》いことをやってた疑いが出てきたんだ」

「えっ、そうなんですか⁉」

「何か思い当たらないかな？」

「そのことと関係があるのかどうかわかりませんけど、離婚する前に自宅に関西弁の女性が電話をかけてきて、岸部に伝言してくれと喚《わめ》きたてたことがありました」

「どんなことを言ってたのかな？」

「仏の顔も三度やで。そう怒鳴《どな》りました。それから彼女は、岸部にも弱みはあるだろうから、いまに必ずウイークポイントを摑んでやるとも凄《すご》んだんです」

「そう。関西弁の女か。声から察して、相手はいくつぐらいだった？」

「二十代ではないと思います。三十代の後半ぐらいなんじゃないかしら？」

「その女が家に電話をしてきたのは、一度だけ？」

　鷲津は質問を重ねた。

「ええ、そうです。岸部の会社や携帯には何度も電話したけど、捕まらなかったんじゃないでしょうか」

「多分、そうなんだろう。やっぱり、岸部はリフォーム詐欺まがいのこととは別に何か悪さをしてたようだな」

「岸部は、電話をかけてきた女性の秘密か何か握って、強請《ゆす》ってたんでしょうか？　きっとそうなんだわ」

「おそらく、そうなんだろう。その秘密は男女のスキャンダルなんかじゃなく、大きな犯罪にちがいない。泥棒やスリは自分と同質の犯罪者を本能的に嗅《か》ぎ当てると言われてるから、リフォーム詐欺まがいのビジネスをしてた岸部春生は詐欺事件の臭《にお》いを感じ取ったのかもしれないな」

「ということは、関西弁の女性は何か詐欺行為を働いてた可能性があるんですね？」

玲子が顔を上げた。目が充血していた。

「そう考えられるね。別れた亭主は、その種の事件報道に日頃から関心があったんじゃない？」

「テレビの事件ニュースは熱心に観《み》てましたし、新聞の三面記事にも細かく目を通してましたね」

「記事を切り抜いたりは？」

「ちょくちょくスクラップはやってました」

「そうか。岸部春生が興信所の調査員を雇ったりしたことは？」

鷲津は矢継《やつ》ぎ早《ばや》に訊いた。

「それはわかりません。自宅に興信所の方が訪ねてきたことは一度もなかったけど、高田馬場の会社にはよく調査員が出入りしてたのかしら？」

「岸部が関西弁の女から口止め料を幾度か脅《おど》し取ってたとしたら、おそらく現金で受け取ってたんだろう。会社や個人の銀行口座に口止め料を振り込ませたら、自《みずか》ら墓穴《ぼけつ》を掘ることになるからな」

「ええ、そうですね。でも、岸部が札束を家に持ち帰ったことは一回もありませんでした」

「そう。だとしたら、岸部は地下で売買されてる他人名義の銀行口座に口止め料を振り込ませてたんだろう」

「そうなんですかね。そうではないとしたら、行きつけの酒場のホステスか愛人の口座を借りてたんじゃないでしょうか？」

「どっちも考えられるね」

「ええ」

会話が中断した。

謎の関西弁の女が岸部に刺客を向けたという推測は、的外《まと》れではないだろう。しかし、その事件と道岡弁護士の死は結びつかないのではないか。ただ、どちらもノーリンコ54で射殺されている。

それは偶然の一致に過ぎないのか。それとも、人権派弁護士も関西弁の女の悪事の証拠を押さえようとしていたのだろうか。そうならば、二つの殺人事件は連鎖関係にあるわけだ。

どっちなのか。

鷲津は煙草《たばこ》を喫《す》う気になった。ジャケットのポケットに手を突っ込んだとき、急に玲子が立ち上がって会釈《えしゃく》した。

鷲津は振り向いた。

出入口の近くに、岸部絹代の姿があった。故人の母親は黒っぽいスーツに身を包み、二歳の孫の手を引いていた。

玲子がソファから離れ、二人に近づいた。と、淳一がよちよちと母親に歩み寄った。玲子が淳一を両手で抱き上げ、愛《いと》おしげに頰擦《ほおず》りした。

「玲子さん、勝手な真似《まね》はしないでちょうだい！」

岸部の母が金切り声を張り上げ、玲子の手から孫を奪い取った。淳一は険悪《けんあく》な空気に怯《おび》え、泣きはじめた。祖母がなだめても、泣き熄《や》まない。

玲子がおろおろしながら、自分の難病のことを元義母に語った。しかし、絹代はまともに聞こうとしなかった。

「病気のことは作り話なんかじゃないんです。ですから、せめて亡くなるまで淳一を手の届く所に……」

玲子が哀願した。

「血液の難病なら、あなたは自分では淳一を育てられなくなったわけよね。そういうことなら、孫を渡すわけにはいきませんよ」

「姉夫婦がちゃんと淳一の世話をしてくれると約束してくれたんです。それにわたしは、そう長くは生きられないと思うんです」

「いまは医学が発達してるから、そのうち治るわよ」

「親権まで譲ってほしいとは言いません。わたしが生きてるうちは、淳一をそばに置いておきたいんです」

「悪いけど、協力できないわね」

絹代が素《そ》っ気《け》なく言った。玲子が元義母の前に土下座して、額を床に擦《こす》りつけた。

それでも、絹代の反応は変わらなかった。

さすがに傍観《ぼうかん》していられなくなった。鷲津は椅子《いす》から勢いよく立ち上がり、玲子たちのいる場所に急いだ。玲子の片腕を摑んで、立ち上がらせる。

「土下座までする必要はないよ」

「でも……」

玲子は戸惑《とまど》った表情だった。鷲津は玲子の前に立った。

「あなたは刑事さんだったわね。なんとかしてくださいよ。息子の元妻が親権もないのに、かわいい孫を引き渡せと言いだしたの。こんな理不尽《りふじん》な話はないでしょ？」

岸部の母親が言った。明らかに加勢を求める口調だった。

「死んだ息子の恥を世間に知られたくなかったら、孫を母親に引き渡すんだね」

「それ、どういう意味なの⁉　話がよく呑《の》み込めないわ」

「あんたの倅《せがれ》の岸部春生は高齢の顧客にもっともらしいことを言って、リフォーム詐欺まがいのことをしてたんだ。証拠は押さえてあるから、いつでも立件できる。そのことをマスコミが報じたら、故人の身内は恥をかくことになるんだよ」

「いまの話は事実なの？　息子が、春生がリフォームの詐欺を働いてたなんて、とても信じられないわ」

「死んだ息子は親の前では善人ぶってたんだろうが、その素顔は欲の深い悪人だったんだ。岸部春生はね、リフォーム詐欺ばかりじゃなく、強請《ゆすり》も働いてた疑いがある」

「ああ、なんてことなんでしょう⁉」

「息子の悪事が表沙汰《おもてざた》になったら、目をかけてる孫も白眼視《はくがんし》されるだろう。そうなってもいいのかな？」

「それは困るわ。困りますよ、そんなことは。春生が犯罪者だったとしても、孫の淳一は何も悪いことなんかしてないのよ」

「その通りだね。しかし、世間はあんたの孫を罪人の子と見るだろう」

「淳一に惨《みじ》めな思いをさせたくないわ。どうしたらいいんです？　春生のやったことに目をつぶってくれるんだったら、なんでもします」

「孫の親権を母親に譲るんだったら、息子の犯罪は不起訴にしてやってもいい。もう当人は死んでしまったわけだからね。刑事だって、人の子だ。死者を鞭打《むちう》つようなことはしたくないんだよ」

鷲津は説得を試《こころ》みた。絹代は考える顔つきになったが、口は開かなかった。

「わかった。話は白紙に戻そう」

「ま、待って。親権を玲子さんに渡すのは困るけど、淳一が満三歳になるまで預けてもいいわ」

「それじゃ、話にならない。仕方ない、岸部の事件を地検送りにしよう」

「それだけはやめてちょうだい」

「なら、こっちの条件を全面的に呑むね？」

鷲津は念を押した。絹代が大きくうなずいて、黙って淳一を玲子に手渡した。

「いいんですか？」

「かわいい孫を犯罪者の子にするわけにはいかないでしょ？　親権も玲子さんに委《ゆだ》ねるわよ。その代わり、提訴は取り下げてちょうだい。それから、月に三回は孫に会わせて」

「わかりました」

「玲子さんの力では淳一を育てられなくなったら、いつでもわたしたち夫婦を頼ってちょうだい。淳一は、わたしたちの大事な孫なんだから」

「ありがとうございます」

玲子が愛息を抱きしめながら、絹代に謝意を表した。絹代は淳一の頭を撫《な》でると、急ぎ足でエレベーター乗り場に向かった。

「よかったな。毎日、子供の顔を見てれば、難病も克服できるよ」

「ええ、頑張ります。こうして淳一を取り戻すことができたのは、あなたのおかげです。

お名刺をいただけないでしょうか。後日、何かお礼をさせてもらいたいんです」

「そんなものは必要ないって。おれたち公務員はビール券を貰っただけでも、懲戒免職になることがあるんだ。それじゃ……」

鷲津は片手を挙《あ》げ、セレモニーホールを後《あと》にした。

覆面パトカーの運転席に入ったとき、岸部の愛人宅に行ってみる気になった。パトロンが木崎留衣の銀行口座に口止め料を振り込ませていたかもしれないと思ったからだ。

ジープ・チェロキーを駒場に走らせた。

四十分弱で、木崎宅に着いた。電灯は点《つ》いている。

鷲津は車を路上に駐《と》め、勝手に木崎宅の門を抜けた。玄関戸を叩《たた》くと、ほどなく留衣が姿を見せた。

彼女は来訪者が鷲津と知り、慌《あわ》てて玄関戸を閉めようとした。鷲津は抜け目なく、手で戸を押さえた。

「なんの用なのよっ」

「喧嘩《けんか》腰だな」

「当たり前でしょ。あんたは、兄にひどいことをした悪党刑事なんだから。で、なんの用なの？」

「そっちはパトロンだった岸部春生に頼まれて、自分の銀行口座を貸したことがあるんじゃないのか？」

「えっ」

留衣がうろたえた。

「貸したことがあるようだな？」

「ええ、まあ」

「まとまった金が口座に振り込まれたと思うんだが、振込人は誰だったんだい？　そいつの名を教えてくれ」

「もう忘れちゃったわ」

「空とぼけてると、家の中に押し入って姦《や》っちまうぞ」

鷲津は威《おど》した。

「な、何を言ってるのよ⁉　あんた、刑事でしょうが！　警官が女をレイプしたら、一生を棒に振るのよ。頭がおかしいんじゃない？」

「おれは特別な刑事だから、何をやっても罪にならないんだよ。こういうサイレンサー・ピストルも常に携帯してるんだ」

「それ、モデルガンなんでしょ⁉」

留衣が後ずさった。鷲津はマカロフPbを握り直した。

「この場で服を脱いでもらおうか」

「変なこと言わないでよっ。一年近く前に一千万円を振り込んできたのは、『コロニーサンライズ』という会社よ。岸部さんの話によると、神戸にある福祉施設運営会社らしいわ。入金された一千万は、リフォーム代金だと言ってた」

「その後も何度か振り込みがあったはずだ」

「えっ、そうなの⁉ わたし、そのことは知らなかったわ。一回目の入金があった翌日、岸部さんがわたしの預金通帳と銀行の届け印を持ってっちゃったのよ。だから、その後、何回振り込みがあったのか、まったくわからなかったの。嘘じゃないわ」

「そうか」

「入金されたのは、リフォーム代金じゃなかったわけ？」

「ああ、多分な。岸部は、その福祉施設運営会社の何か弱みを握って、数度にわたって口止め料を脅し取ってたんだろう」

「岸部さんが恐喝してたって言うの⁉」

「それは、ほぼ間違いないだろう。それだから、岸部は射殺されることになったんだろうな」

「彼、わたしには優しかったけど、悪人だったのね」

留衣が複雑な表情で呟《つぶや》いた。鷲津は無言で特殊拳銃をベルトの下に戻した。

「もういい？」

「ああ。役に立つ話をありがとうな」

「もう来ないで」

留衣が言って、玄関戸を乱暴に閉めた。鷲津は苦笑し、木崎宅を出た。数メートル歩いたとき、相棒の荒巻から電話がかかってきた。

「新大阪テレビの例の美人記者から耳寄りな情報が入ったんだよ」

「どんな？」

鷲津は耳に神経を集めた。荒巻の話を聞いているうちに、頭の中で二つの射殺事件がつながった。

道岡弁護士は嘱託調査員の文珠惣司に福祉施設運営会社『コロニーサンライズ』が何か不正をしていると睨《にら》み、密《ひそ》かに動向を探《さぐ》らせていたのではないか。その会社は、岸部春生に口止め料と思われる金を払っている。

「白骨化した死体が文珠という調査員だったら、道岡斉と岸部春生は同一犯人に命を狙《ねら》われたんだと思うよ」

鷲津は自分が摑んだ手がかりをつぶさに語った。

「安森玲子の証言に出てくる関西弁の女は、『コロニーサンライズ』に深く関わってるんだろうな」

「社長か、社長夫人なのかもしれない。調査員の文珠が『コロニーサンライズ』の動きを探《さぐ》ってたという確信はないんだが、多分、おれの推測は間違ってないだろう」

「鷲津《ワシ》、千里ニュータウン裏の雑木林に埋められたのが調査員の文珠惣司と判明したら、できるだけ早く遺族に会ってみよう。それで、彼が関西で何を調べてたのか、まず確認しようや」

荒巻が言った。

「ああ、そうしよう」

「道岡弁護士はいろんな詐欺に引っかかった高齢者に関するスクラップを集めてたから、文珠が『コロニーサンライズ』のことを調べてたと思われるな。その会社は老人ホームの入居者を巧《たく》みに騙《だま》して、法外な料金を取ってたんだろうか」

「いや、そうじゃないと思うよ。道岡弁護士は投資詐欺に引っかかった年配者の記事をスクラップしてたって話だったよな？」

「ああ」

「それなら、『コロニーサンライズ』は高齢者たちに福祉事業への投資話を餌《えさ》にして、大勢の人間から虎の子を騙し取ったんじゃないのか？」

「そうか、そうなのかもしれないな。鷲津《ワシ》、ようやく事件の核心に迫れそうじゃないか。もう少し頑張ろう」

「そうだな。今夜は、ひとまず塒《ねぐら》に戻ろうや」

鷲津は電話を切って、ふたたび歩きはじめた。

3

検索に取りかかる。

打ち込んだキーワードは、福祉関連事業だった。ノート型パソコンの画面に文字が流れはじめた。

荒巻はインスタントコーヒーを飲みながら、スクロールしつづけた。

北新宿《きたしんじゅく》のマンスリーマンションの自室だ。由里菜から思いがけない情報が寄せられた翌日の正午過ぎである。

やがて、『コロニーサンライズ』が表記された。荒巻は同社のホームページにアクセスした。

福祉施設運営会社『コロニーサンライズ』の本社は、兵庫県神戸市中央区加納町二丁目三×番地にあった。全国十二カ所で、ケア付き老人ホームを経営している。写真で見る限り、どの施設も清潔感を漂わせていた。

老人ホームは窓の多い造りで、外壁はパステルカラーだった。庭も広く、樹木が多い。花壇には花が咲き乱れている。

『コロニーサンライズ』の代表取締役は、須磨《すま》さつきという名だった。顔写真が掲《かか》げられていた。女社長は個性的な顔立ちで、官能的な唇をしている。三十七、八歳だろう。遣《や》り手の女性起業家という感じだが、事業資金はどんな方法で工面《くめん》したのか。

荒巻はマグカップをコンパクトなダイニングテーブルに戻した。

そのすぐ後、卓上で携帯電話が鳴った。ディスプレイに目をやる。発信者は田代警視総監だった。

荒巻は一時間ほど前に田代に連絡を取って、大阪府警から捜査情報を集めてくれるよう頼んであった。その回答にちがいない。

荒巻は携帯電話を耳に当てた。

「やはり、白骨化した死体は文珠惣司だったよ」

田代が告げた。

「そうですか。死因は？」

「被害者は射殺されたようだ。文珠の頭蓋骨《ずがいこつ》には銃弾の貫通痕《こん》があったらしい。左側頭部の射入孔《しゃにゅうこう》は約一・三センチで、頭頂部の射出孔は三センチ近いという話だったな」

「遺体の近くに薬莢《やっきょう》は落ちてたんですか？」

「現在のところ、それは発見されてない。文珠という調査員は別の場所で撃ち殺され、千里ニュータウン裏の雑木林の土中に埋められたんだろう。というのは、付近の住民が誰も銃声を聞いてないそうなんだ」

「そうですか。被害者が死亡したのは？」

「およそ五カ月前と推定されたらしい、腐乱具合でね。運転免許証や名刺入れのほかに、腕時計などが現場で見つかったそうだ」

「ＩＣレコーダーは？」

「持ち去られたようだという話だったよ。それから、カメラや手帳もなかったらしいんだ」

「そうですか。遺族の誰かがきのう、大阪に向かったと思うんですが……」

「被害者の長男の敦《あつし》、二十八歳が死体の確認に大阪に出向いたそうだ。文珠の妻の啓子《けいこ》、五十六歳はショックで、まともに歩行できなくなってしまったらしいんだよ。それで、武蔵小杉の自宅で亡夫の遺骨が戻るのを待ってるようだ」

「ということは、大阪で荼毘《だび》に付《ふ》されるんですね？」

「そうらしい。被害者はほとんど白骨化してるんで、火葬時間は短いそうだ。息子さんは父親の遺骨を抱えて、今夜中には神奈川の自宅に帰る予定になってるとか」

「そうですか」

荒巻は短く応じた。

「残念ながら、大阪府警は被害者の足取りは把握《はあく》していない。文珠が去年の十二月二十一日の午前中に自宅を出たことは、息子さんの証言でわかってるんだが、その後の足取りについては知らないらしい」

「被害者の奥さんなら、夫が関西に出かけた目的を知ってるでしょう。これから、武蔵小杉の文珠宅に行ってみます」

「そうしてくれ。大阪府警の協力者から新情報が入ったら、きみか鷲津君に連絡するよ」

田代が通話を切り上げた。

荒巻は終了キーを押し、すぐに相棒に電話をかけた。そして、田代警視総監から聞いた話をそのまま伝えた。

「荒巻《アラ》、文珠の自宅前で午後二時に落ち合おう」

「了解《ラ》！」

「少し前に『コロニーサンライズ』のホームページを覗《のぞ》いたんだ」

「鷲津《ワシ》もか。実はおれも、さっき『コロニーサンライズ』のホームページにアクセスしたんだよ。代表取締役の須磨さつきは、まだ四十前だよな？」

「三十七、八だろう」

「その若さで、十二のケア付き老人ホームを経営してるんだから、たいした才覚だよな？」

「ああ」

「事業資金は、どうやって調達したのかね？　女社長は資産家の娘なんだろうか」

「いや、深窓《しんそう》育ちの令嬢には見えなかった。気品が感じられなかったからな。女社長は若いころから金持ちの爺《じい》さんたちを誑《たぶら》かして、せっせと銭《ぜに》を溜《た》め込んでたんだろう」

「しかし、一億や二億でケア付き老人ホームを幾つも経営はできないと思うんだ」

「確かに、そうだな。須磨さつきは女ながらも相当な野心家で、目的のためなら、平気で危ない橋を渡ってきたのかもしれない」

「たとえば、どんなことが考えられる？」

「企業恐喝をやったんじゃないのかな。大企業だって、表沙汰《おもてざた》にはしたくない事が一つや二つはあるはずだ」

鷲津が言った。

「そうだろうな」

「一部上場《じょうじょう》企業を狙えば、十億ぐらい脅し取れるだろう。いや、うまくすりゃ、数十億円は毟《むし》れるな。女社長はそうした汚れた金を元手にして、福祉ビジネスに乗り出したのかもしれないぜ」

「考えられなくもないな。とにかく、殺された文珠惣司の自宅に行ってみよう」

荒巻は文珠宅の住所を相棒に教えてから、携帯電話を折り畳んだ。パソコンの電源を切り、冷凍グラタンを電子レンジで温める。

荒巻は簡単な昼食を摂《と》ると、外出の仕度をした。といっても、髭《ひげ》を剃《そ》って背広に着替えただけだ。

相棒は、いつもくだけた恰好《かっこう》をしているが、自分にはカジュアルな服装は似合わないことを知っていた。荒巻は原則としてスーツをまとい、ネクタイを結ぶ。どんな男も背広を着ると、なんとなく様《さま》になる。

ファッションセンスのない男は極力《きょくりょく》、軽装は避けるべきだろう。荒巻は、レザージャケットや麻の上着を粋《いき》に着こなしている鷲津を羨《うらや》ましく思う。

しかし、自分が相棒の真似をする気はなかった。ラフな服装をすると、なぜか落ち着かなくなってしまうからだ。

荒巻は部屋を出て、エレベーターで地下駐車場に下《くだ》った。フーガに乗り込み、最短コースで武蔵小杉に向かう。

文珠宅を探し当てたのは、小一時間後だった。まだ午後一時四十分過ぎだ。

被害者宅は、東急東横線の武蔵小杉駅から九百メートルほど離れた住宅街の一画にあった。二階建ての家屋は建売住宅だろう。似たような家が連《つら》なっている。敷地は五十坪弱か。

相棒の覆面パトカーは見当たらない。荒巻は文珠宅の少し先の路上にフーガを停めた。エンジンを切り、そのまま車内に留《とど》まった。

キャビンマイルドを喫《す》い終えたとき、フーガの後ろにジープ・チェロキーが停止した。

荒巻は車を降りた。鷲津も四輪駆動車から姿を見せた。

黒ずくめだった。ジャケット、長袖シャツ、スラックス、アンクルブーツは黒色で統一されていた。しかし、色の濃淡は微妙に異《こと》なっている。

「昔のアクション映画に出てくる殺し屋みたいだな」

荒巻は茶化した。

「スーツをいつも無難に着てる荒巻《アラ》に、おれをからかう資格はないぜ。背広をきちんと着るのはダサいよ」

「そうかな？」

「ハンサムなのに身なり《ナリ》が野暮ったいから、そっちは損してるんだよ。その気になれば、千人斬《ぎ》りもできるのにな」

「おれは鷲津《ワシ》みたいに好色じゃないから、多くの女性とつき合いたいと思ったことは一度もない」

「新大阪テレビのじゃじゃ馬で間に合ってますってか？」

「まあな」

「京都に出かけたとき、美人報道記者と寝たんだろ？」

「下品な言い方するなよ」

「無理だ、おれは下品な男だから。で、どうだったんだい？　案外、期待外れだった？　昔から粋人《すいじん》たちは、美女に名器なしって口を揃《そろ》えてるからな」

「わからないよ、そんなこと」

「えっ、まだプラトニックラブの域を出てないのか⁉　荒巻《アラ》、変だよ。男として、絶対におかしいって。ＥＤ治療を受けるべきだな」

「ほっといてくれ。おれは戯《たわむ》れに女性と交際してるわけじゃないんだ」

「生真面目《きまじめ》すぎて、息が詰まるな」

「だったら、コンビは解消だ」

「冗談だよ。めくじら立てるなって」

鷲津が苦笑しながら、荒巻の肩を叩いた。荒巻は照れ笑いをして、文珠宅に足を向けた。鷲津が大股で従《つ》いてくる。

荒巻は立ち止まり、インターフォンを鳴らした。

数分待つと、ようやく女性の声で応答があった。若い声ではない。荒巻は小声で身分を告げ、相手が文珠惣司の妻であることを確かめた。

「少しご主人のことでうかがいたいことがあるんですよ」

「そうですか。どうぞお入りください」

スピーカーが沈黙した。

荒巻たち二人は門扉《もんぴ》を押し開け、玄関に入った。未亡人の啓子は、玄関マットの上に坐り込んでいた。女坐りだ。泣き腫《は》らした目が痛々しい。

「こんな恰好《かっこう》で、ごめんなさい。行方不明だった夫が殺されていたことがわかったものですから、ひどいショックを受けて、ちゃんと立っていられないんです」

「どうぞそのままで。ご主人が関西に出かけられたのは、去年の十二月二十一日のことですね？」

荒巻は訊いた。

「ええ、そうです。その日の午前十一時過ぎに新幹線で新神戸に向かったんです。道岡弁護士の依頼で、『コロニーサンライズ』という福祉施設運営会社のことを調査すると申してました」

「何を調べに行かれたんです？」

「詳しいことはわかりませんが、その会社の女社長が高齢者たちに年利八パーセント払うから、自分の会社に出資しないかと呼びかけて、二十七億円も集めたらしいんですよ。でも、投資した方たちには何度か配当金を払っただけで、その後は一円も振り込まなくなったみたいなんです」

「そうですか。道岡弁護士は、そのことをどうやって知ったんでしょう？」

「夫から聞いた話ですと、奈良県に住む出資者の方から道岡先生に相談の手紙が寄せられたらしいんです。相談者は年金暮らしの七十三歳の女性で、老後の貯《たくわ》えを少しでも増やしたいからと、『コロニーサンライズ』に千五百万円を預けたようなんです」

「その方の名前や住所はわかりますか？」

「主人は、そこまでは教えてくれませんでした」

「そうですか。文珠さんが神戸に出かけた日から、連絡が途絶えてしまったんですか？」

「いいえ。出かけた日は三宮《さんのみや》駅近くのビジネスホテルにチェックインして、その翌日の午後二時ごろ、ここに連絡がありました。その後、行方がわからなくなってしまったんですよ」

「ビジネスホテルの名は？」

鷲津が口を挟んだ。

「確か『三宮グリーンホテル』です」

「旦那さんは、本名でチェックインしたのかな？」

「ええ。失踪《しっそう》三日目に息子と一緒に三宮に行って、そのビジネスホテルの宿泊者カードを見せてもらったんです。文珠はちゃんと本名を使い、ここの住所を正確に書いてました」

「そう。ご主人はチェックアウトするとき、ホテルの従業員にどこに行くとは言わなかったんだろうか」

「何も言わなかったそうです。わたしと息子は主人が何か犯罪に巻き込まれたのかもしれないと思って、地元の警察に捜索願を出したんです。地元署の方たちがだいぶ動き回ってくれたようですが、夫の行方はわからないままだったんです」

　文珠の妻がうなだれた。荒巻は相棒を手で制し、先に口を開いた。

「ご主人が失踪されたことを知って、道岡弁護士は当然、何か手を打ってくれたんでしょ？」

「ええ。道岡先生は責任を感じられて、ご自分で丸五日も関西方面を回られたんです。しかし、夫の消息はわからなかったんですよ」

「そうなんですか。われわれは、道岡弁護士と文珠さんを殺害した人物は同一だと睨《にら》んでます。まだ確証は得てませんがね」

「わたしも、そうじゃないかと思いました。こんなことを軽々に言ってはいけないんでしょうが、なんとなく『コロニーサンライズ』という会社が怪しいのではないかと……」

「『コロニーサンライズ』が投資詐欺めいたことをしてたとしたら、疑わしいですね」

「刑事さん、その会社のことをよく調べてみてください。お願いします。この通りです」

　未亡人が頭を深く下げた。

「わかりました。ご主人が失踪してから、こちらのお宅に妙な電話がかかってきたことはありましたか？」

「いいえ、そういうことはありませんでした」

「そうですか。不審者がお宅の様子をうかがってたなんてこともありませんでした?」

「はい、ありませんでした」

「お力落としでしょうが、どうかお気持ちをしっかりと……」

荒巻は一礼し、玄関を出た。すぐに鷲津が倣《なら》った。

文珠宅の前に出たとき、荒巻の携帯電話が着信音を発した。電話をかけてきたのは、由里菜だった。

荒巻は鷲津から数メートル離れた。

「白骨化してた死体は、やっぱり道岡法律事務所の嘱託調査員の文珠惣司だったわ。死後五カ月ほど経《た》ってるそうよ」

由里菜がのっけに言った。

「そうか。道岡弁護士の事件と何か繋がってると考えてもよさそうだな」

「ええ、それは間違いないと思うわ。それからね、文珠惣司が福祉施設運営会社『コロニーサンライズ』を訪ねた直後に消息を絶ったかもしれないのよ」

「そうなのか」

「それからね、『コロニーサンライズ』は去年の十一月ごろから兵庫県警捜査二課に内偵捜査されてたのよ。どうも女社長の須磨さつきは、出資法に触《ふ》れるようなことをしてたみたいなの」

「事業の運転資金を一般投資家から集めてたのかな？」

「投資家からじゃなくて、高齢者たちの虎の子をハイリターンで釣ってね、二十七億円も集めたらしいの。投資者にほとんど配当金は支払われてないようだから、計画的な投資詐欺の疑いがあると思うわ」

「そうだね。で、その女社長は出資法違反か詐欺罪で捕まったのかい？」

「二度ほど任意同行を求められたらしいんだけど、まだ身柄は拘束されてないの。起訴できるだけの物証がないんでしょうね？」

「おそらく、そうなんだろうな」

「文珠惣司は『コロニーサンライズ』の投資詐欺の証拠を押さえて、道岡弁護士にそのことを伝えたのよ。だから、二人とも殺されてしまったんだと思うわ。わたしの推測、どうかしら？」

「大筋は、そうなのかもしれないな」

「デスクの許可を得て、わたし、正式に文珠惣司殺しの事件を追うことになったの」

「そう。しかし、油断するなよ。下手したら、きみも命を狙われることになるかもしれないからな」

「わたしが死んだら、三日三晩、泣いてくれる？」

「不吉なことを言うなよ」

「冗談よ。どんな反応を示すか、知りたかっただけ。少しは大事にされてると感じたから、もういいわ。そんなことで仕事に追われそうだけど、できるだけ電話はするわ」

「おれも連絡するよ」

荒巻は終了キーを押して、携帯電話を上着の内ポケットに戻した。鷲津がにやにやしながら、歩み寄ってきた。

「惚《ほ》れた女からのラブコールか」

「からかうなって。特捜指令と覚《さと》られないようにしながら、情報集めに協力してもらってたんだ」

荒巻は、由里菜から聞いた話を相棒に喋《しゃべ》った。

「文珠惣司の事件に女社長の須磨さつきが深く関わってることは間違いなさそうだな。それから、道岡殺しにも関与してると思ってもいいだろう」

「おれも、そう直感したよ」

「荒巻《アラ》、これから神戸に行こうや。着替えなんかは、向こうで買えばいいさ」

「そうだな。よし、西へ向かおう」

「ああ」

二人は掌《てのひら》を打ち合わせ、それぞれの車に走り寄った。

4

腰が重い。

全身の筋肉が強張《こわば》っている。五時間以上も覆面パトカーを運転しつづけているせいだろう。

鷲津はステアリングを捌《さば》きながら、首の筋肉をほぐした。ジープ・チェロキーは加納町交差点に差しかかろうとしていた。午後七時半過ぎだった。

相棒の荒巻は、ＪＲ三宮駅のそばにあるビジネスホテル『三宮グリーンホテル』で聞き込みをしているはずだ。殺害された文珠惣司が五カ月ほど前に投宿したホテルである。

ほどなく交差点に達した。

鷲津は車を右折させた。数百メートル先に、『コロニーサンライズ』の本社があった。

間口《まぐち》はさほど広くなかったが、八階建てだった。どの窓も明るい。

鷲津は、本社ビルの少し手前で公用車を路肩《ろかた》に寄せた。ヘッドライトを消し、エンジンも切る。

煙草を喫《す》ってから、おもむろに携帯電話を取り出した。『コロニーサンライズ』の代表番号をコールすると、男性社員が受話器を取った。

「わたし、福祉ビジネスに投資したいと考えてる者なんですが、須磨社長はいらっしゃいますか？　できれば、ご本人と直《じか》に話をさせてほしいんですよ。二億ほど投資したいと思ってるんでね」

鷲津は撒《ま》き餌《え》を投げた。

「二億ですか⁉」

「そう。親の遺産が三億五千万ほど入ったんですよ。ハイリターンが期待できるんだったら、全額投資してもいいと思ってるんだ」

「少々、お待ちになってください。いま、電話を社長室に回しますので」

相手の声が途《と》切《ぎ》れ、『イマジン』の旋律が流れてきた。

女社長は擬《ぎ》似《じ》餌《え》に引っかかるかどうか。数分待つと、しっとりとした女の声が響いてきた。

「大変お待たせいたしました。わたくし、代表取締役の須磨さつきでございます。小社のビジネスにご投資を考えていらっしゃるとか？」

「うん、まあ。標準語を使ってるんだね」

「四年前まで東京で働いてましたので」

「そう。福祉関係の仕事をされてたのかな?」

「ある総合病院で十年以上、看護師をやってたんです。でも、ずっと以前から福祉ビジネスに興味がありましたので、思い切って『コロニーサンライズ』を設立しましたの」

「事業資金の提供者がいたんだね。こう言ってはなんだが、元看護師さんの貯《たくわ》えだけでは大きな事業はやれないからな」

「ええ、その通りです。スポンサーのお名前は明かせませんけど、その方が開業資金を超低金利で貸してくださったんですよ。幸運にも事業がすぐに軌道《きどう》に乗りましたんで、その分の借金はすでに返済いたしました」

「それは、たいしたもんだ」

「ですが、事業を短期間で拡大しましたので、運転資金にはそれほど余裕がないんですの。ですから、投資していただけたら、とてもありがたいですね。失礼ですが、お名前は?」

「力丸一行《りきまるいっこう》という者です。東京に住んでるんだ。道楽でライブハウスとアメリカン・カジュアルの古着屋をやってるんだが、どちらも赤字経営でね。それで、親父の遺産を少し増やしたいと思ってるんだよ」

「三億五千万ほど相続されたとか？」

「そうなんだ」

「小社の事業に投資された方々には年利八パーセントのリターンを保証させていただいてるんですけど、力丸さまが三億五千万円をそっくり小社に回してくださるのでしたら、年利十パーセントの配当をお支払いしますよ」

「ということは、遊んでても年に三千五百万の金が入るわけか。悪くない話だな」

鷲津は、さらに撒き餌を放った。

「もちろん、元金割れはありません」

「好条件なんだが、ちょっと不安材料もあるんだよな」

「どんなことなのでしょう？」

「単なる噂《うわさ》なんだが、『コロニーサンライズ』が高齢者たちを喰《く》いものにしてるみたいだと……」

「どこの誰が、そんなことを言ってるんでしょう⁉　それは悪質なデマです。確かに小社は年配の方たちからお借りした数十億円を運転資金に充《あ》てています。ですけど、どなたにも年利八パーセントの配当をお支払いしてます。投資詐欺めいたことなどしてません」

「そうだろうね。もしもそんなことをしたら、とっくに手が後ろに回ってるからな」

「ええ、その通りですわ。わたくし、いつでも上京します。それで力丸さまにお目にかかって、事業内容を詳しく説明します。もちろん、創業以来の決算書もお見せしますよ。いつごろでしたら、ご都合がよろしいのかしら？」

「実はね、神戸に来てるんだ」

「ほんとですの⁉　それでしたら、ぜひ、どこかでお会いしたいわ。今夜は、こちらにお泊まりの予定なんですのね？」

須磨さつきの声が、にわかに明るんだ。

「そのつもりなんだが、まだホテルは決めてないんだ」

「そうですの。それでしたら、メリケンパークにある英国調の気品のあるホテルなどどうでしょう？　眼下は神戸港ですし、東側からはメリケン波止場や六甲山が一望できるんですよ。南側には神戸大橋やポートアイランドがありますし、北側からは斜面を埋める街並を望めます」

「そう」

鷲津は、ホテル名を訊《き》いた。都心の一流ホテルの系列だった。

「そこのホテルのラウンジバーから眺《なが》める夜景は素晴らしいんですの。そこで、九時にお目にかかれません？」

「いいですよ。社長のお顔はホームページで見てるんで、こっちから声をかけよう」

「そうしてくださる？　ちなみに、力丸さまはどのような服装をなさってるのかしら？」

さつきが問いかけてきた。鷲津は質問に答え、先に電話を切った。

そのすぐ後、後方に荒巻のフーガが停まった。鷲津はさりげなくジープ・チェロキーを降り、素早くフーガの助手席に坐り込んだ。

「ビジネスホテルで何か収穫があった？」

「いや、なかったよ。ホテルのフロントマンは宿泊客の文珠惣司のことは憶《おぼ》えてたんだが、特に変わったことはなかったというんだ。それから、文珠はチェックアウトしたとき、その後どうするかも言わなかったそうだよ」

「未亡人の話と合致するな」

「ああ。ただ、ホテルマンの話だと、文珠がホテルを出ていった十数分後に二人の極道がロビーに飛び込んで、宿泊客たちの顔を確かめるように見てたというんだ。そいつらは、日本で最大組織の構成員だったらしい」

「関西連合会の奴らだな。その連中は、文珠を捜してたんだろうか」

「それは何とも言えないな。仮にそうだったとしたら、文珠惣司は『コロニーサンライズ』の投資詐欺の証拠を握ったんだろう」

「で、女社長の須磨さつきは焦《あせ》って、関西連合会に文珠を消してくれと頼んだ？」

「その可能性はあるだろう。しかし、文珠の事件の凶器がノーリンコ54かどうかは不明だから、岸部や道岡弁護士殺しに関西連合会が関わってるとは断定できない」

「そうだな。荒巻、文珠が関西連合会の構成員に射殺されたとしたら、『コロニーサンライズ』の資金提供者《アラ》は日本最大の広域暴力団なのかもしれないぞ」

「つまり、須磨さつきはダミーの代表取締役で、『コロニーサンライズ』は関西連合会の企業舎弟《フロント》なんじゃないかってことだな？」

荒巻が確かめた。

「そうだ。さっき偽電話をかけて女社長と直《じか》に話をしたんだが、彼女は東京で総合病院の看護師を十年以上もやってたと言ってた」

「スポンサーがいたという話は怪しいな。投資家たちが出資した金を元手にしてたんじゃないのか」

「それで、四年の間にケア付きの有料老人ホームを十二棟も運営できるか？」

「大口の投資家を集めれば、運営はできるだろう。老人ホームの半分は、地方都市の郊外にあるようだからな」

「荒巻《アラ》、よく考えてみろよ。仮に大口の投資家を集めることができたとしても、それぞれに配当金を払わなきゃならないんだぞ。何年もリターンなしでもいいなんて言う投資家はいないはずだ」

「それはそうだろうな。事業資金は、関西連合会が出資してるんだろうか。あの組織なら、莫大《ばくだい》な裏金があるだろうから、数年の赤字ぐらい楽に埋められそうだ」

「ああ。最近は、どの暴力団も表のビジネスに力を入れてる。非合法ビジネスは常にリスクを伴《ともな》うからな」

「そうだな。関西連合会がダミーの役員を使って、福祉ビジネスに進出してもおかしくないわけだ。高齢化社会だから、事業の将来性はあるからね」

「『コロニーサンライズ』の実質的なオーナーが関西連合会じゃないとしたら、須磨さつきは看護師時代に何か大胆な悪さをして、巨額を手に入れ、開業資金に充《あ》てたにちがいないよ」

「それも考えられるな」

「おれは、午後九時にメリケンパークにあるホテルのラウンジバーで須磨さつきと会うことになったんだ。親の遺産が三億五千万円ほど懐《ふところ》に転がり込んだって作り話をしたら、女社長がすぐルアーに喰いついてきたってわけさ」

「そっちは女を騙すのが上手だからな」

「欲の皮が突っ張ってるから、甘い話に引っかかるんだよ。そんなわけだから、荒巻《アラ》はここで張り込んで、『コロニーサンライズ』の社員に接触して、いろいろ探り出してくれ」

「わかった」

「それから、どこか今夜の塒《ねぐら》を押さえといてくれないか。もちろん、シングルルームを二部屋だ。そっちが大阪までフーガを飛ばして、例の美人報道記者と朝まで過ごしたいんなら、そうすればいいさ。おれは、どこか適当なホテルに部屋を取る」

「おれは鷲津《ワシ》と違って、公私混同はしないよ。ちゃんと二人分の部屋を取っておくから、ゆっくり女社長に探りを入れてくれ」

「わかった。後で連絡を取り合おう」

鷲津はフーガを降り、自分の覆面パトカーに戻った。

まだ夕食を摂っていなかった。名神高速道路のサービスエリアで給油したとき、清涼飲料水を喉に流し込んだきりだ。約束の時間まで余裕がある。

鷲津は車を元町に走らせ、老舗《しにせ》の牛肉料理店に入った。霜降りの神戸ビーフをしゃぶしゃぶで先に味わい、ステーキを頬張った。生の神戸牛は蕩《とろ》けるような舌触《ざわ》りだった。

店を出ると、覆面パトカーをメリケンパークに向けた。鯉川筋《こいかわすじ》から阪神高速神戸線の高架下を潜《もぐ》って、メリケン波止場の脇を抜ける。

待ち合わせのホテルは、浜手バイパス沿いにあった。丸みを帯びたピラミッドのような造りで、外壁は白だった。遠目《とおめ》には、巨大な船にも見える。

鷲津は車を大駐車場に入れ、最上階のラウンジバーに入った。

中央部にチューブの形をしたカウンターがあり、窓際にはテーブル席が並んでいる。卓上には、赤いキャンドルライトが配してあった。

テーブル席は、ほぼ若いカップルで埋まっていた。北側に空席が一つだけあった。

鷲津はそのテーブル席に落ち着き、ドライ・マティーニをオーダーした。

オードブルは、鯛《たい》、鮃《ひらめ》、ムール貝のマリネだ。サニーレタスとオニオンには、軽くレモンがかかっている。好きなオードブルだった。

二杯目のカクテルが届けられたとき、須磨さつきがラウンジバーに入ってきた。

サンドベージュのスーツ姿だ。ホームページの写真よりも、三つ四つは若く見える。髪はセミロングで、肢体《したい》も崩れてはいない。

鷲津は立ち上がって、目礼した。さつきがにこやかに笑い、足早に近づいてきた。

「力丸さまですね？　須磨さつきです」

「どうも初めまして。とりあえず、坐りましょう」

「その前に、お名刺の交換をさせてください」

「あいにく名刺を持ち合わせてないんだよ。申し訳ない」

鷲津は詫《わ》びた。

女社長が短く迷ってから、和紙の名刺を差し出した。鷲津は名刺を受け取り、先に腰かけた。さつきと向かい合う位置に浅く坐った。

そのとき、ウェイターが歩み寄ってきた。

「ここ、食事もできますのよ。メニューをご覧になって、お好きなものをオーダーなさって」

「腹は空いてないんだ。そっちこそ、何か注文すれば?」

「わたくしも、カクテルにします」

さつきが鷲津に言って、マルガリータとスモークド・サーモンを注文した。ウェイターが恭《うやうや》しく頭を下げ、ゆっくりと遠ざかった。

「スーツもバッグもシャネルだね。腕時計はピアジェか。それだけのブランド物が買えるんだから、『コロニーサンライズ』の経営は順調みたいだな」

鷲津は言って、ロングピースをくわえた。

「一応、四年間の決算報告書の写しを持ってきましたの。すぐにご覧になります?」

「後でいいよ。こうして喋ってるうちに、おたくの人柄がわかるだろう。そっちが信用できると判断したら、遺産を全額運用してもらうよ」

「そうおっしゃられると、わたくし、緊張してしまうわ。てっきり年上の男性だと思っていましたけど、わたくしよりもずっとお若いんでしょう？」

「二つぐらい下かもしれない」

「嬉しいことをおっしゃってくださるのね。四捨五入したら、わたくしは四十になってしまうの」

「三十三、四にしか見えないな」

「女の扱いに馴《な》れてらっしゃるのね。そこまで気を遣《つか》ってくださったんだから、ヘネシーか何かボトルで貰わないとね」

「結婚してるのかな？」

「わたくし、まだ一度もウェディングドレスを着たことがないんですのよ。看護師のときは仕事に追われてたから、恋愛する機会がなかったんです」

「大学病院で働いてたの？」

「いいえ、大森《おおもり》にあった総合病院に勤務してたんですよ。でも、その病院はわたくしが辞めて半年ほどで潰《つぶ》れてしまったんです。放漫経営でしたから、いずれ廃院に追い込まれるとは思ってたんですけどね」

　さつきが言った。

　鷲津は一瞬、病院名を訊きそうになった。だが、すぐに思い留《とど》まった。相手に警戒心を懐《いだ》かせたくなかったからだ。

「院長が女好きで、古美術品のコレクターだったんですよ。何千万円もする浮世絵や漆器《しっき》を手当たり次第に買ったりしてたんです。そのうちの半分は、いわゆる贋作《がんさく》だったんですの。そんなふうだから、院長は父親から継《つ》いだ病院を失うことに……」

「金満家《きんまんか》の二代目は苦労知らずが多いから、他人に騙されやすいんだろうな」

「そうなんでしょうね。あなたも、資産家のご子息なんでしょ？」

「死んだ親父は、ただの成金《なりきん》さ。不動産をうまく転がして、ひと財産作っただけだよ」

「お父さまは、先見の明がおありになったのね」

「確かに親父は、時代の先を読んでたね。しかし、倅《せがれ》はまったく金儲《もう》けは下手くそなんだよ。ライブハウスなんか開店以来、ただの一度も黒字になったことがないんだ。アメリカン・カジュアルの古着店はオープン当初は、多少、儲かったんだよ。しかし、半年後には店員たちの給料も払えない状態になっちまった」

「そうなの」

「だから、遺産は何かに投資して、少しずつ増やすべきだと考えるようになったんだ」

「それは賢明な選択だと思います。我田引水《がでんいんすい》になってしまいますけど、高齢化・少子化時代ですから、福祉ビジネスは今後ますます伸びるはずです」

さつきが力説しはじめたとき、カクテルとオードブルが運ばれてきた。鷲津は短くなった煙草の火を消し、女社長とグラスを触れ合わせた。

「あなたも独身なのかしら？」

さつきはカクテルを口に含むと、急にくだけた語調になった。

「そうだよ」

「まだ三十代の前半ですものね。晩婚化の傾向が強まってるし、何も慌てる必要はないわ」

「多分、おれは一生、結婚はしないだろうな」

「まさか……」

「ゲイじゃないよ。どんな女にも必ずチャームポイントがあるから、ひとりの相手に絞り切れないんだ」

「あなたは並の女よりも綺麗《きれい》な顔をしてるから、言い寄る女性が多いんでしょう？　わたくしももっと若かったら、きっとあなたにハートを射抜《いぬ》かれてたと思うわ」

「もう酔ったのかい？　まだマルガリータを半分しか飲んでないじゃないか」

「わたくし、アルコールには強いほうなの。多分、あなたに酔ってしまったんでしょう」

「そうした殺し文句を滑らかに言えるんだから、おたくは恋多き女だったんだろうな」

「さあ、どうでしょう？　もちろん小娘じゃないから、それなりに男性とはおつき合いしたわ。でもね、あなたみたいに女をぞくぞくさせるような男性はひとりもいなかった。ほんとよ」

「おれも年上の女には弱いんだ」

鷲津は相手の気を惹《ひ》きはじめた。

「からかったりして、いけない男性《ひと》ね」

「本気で言ったんだ」

「でも、わたくしじゃ、お眼鏡《めがね》にかなわないんでしょ？」

「そんなことはないよ。熟《う》れた女の色気が漂ってるからね」

「わたくし、今夜は飲みたくなってきたわ。ご迷惑かしら？」

「いや、全然。おたくとは、なんか波長《はちょう》が合いそうだ。おれも飲みたくなってきたな」

「それなら、酔い潰《つぶ》れるまで飲みましょうよ。地元だから、素敵なお店を何軒も知ってるの。ご案内するわ」

「そう。ただ、ビジネスの話は抜きにしよう。でも、親父の遺産はそっくり預けることになりそうだな」

「ほんとに⁉」

「ああ。場合によっては、田園調布《でんえんちょうふ》の土地と建物を売っ払ってもいい」

「その売却金も投資してくださるの？」

「ああ。少なく見積っても、四億にはなると思うよ。その金を預けるから、共同経営者にさせろなんてケチなことは言わない」

「あなたは優男《やさおとこ》タイプだけど、漢《おとこ》っぽいのね。最高だわ」

さつきがマルガリータを飲み干し、カクテルグラスを高く翳《かざ》した。

シナリオ通りの展開になってきた。鷲津はほくそ笑《え》んで、ウェイターを呼び寄せた。

# 第四章　女社長の野望

## 1

不審な動きが気になった。

荒巻はフーガの運転席から、七十年配の男女を見つめた。

夫婦らしい二人は、十分以上も『コロニーサンライズ』本社前を行きつ戻りつしている。どちらも思い詰めたような表情だ。ほとんど言葉は交わさない。

年配のカップルは、それぞれ青いショッピングカートを引っ張っていた。

買物帰りには見えない。もう午後九時半過ぎだった。

老《お》いた男女が短く何か言い交わし、『コロニーサンライズ』の本社ビル前で立ち止まった。二人は相前後して、それぞれショッピングカートから三本のペットボトルを取り出した。一リットル用の容器だった。中身の液体は飲料水ではなさそうだ。灯油なのかもしれない。

　そうだとしたら、二人は焼身自殺する気なのではないか。

　荒巻は急いで覆面パトカーを降り、七十歳絡《がら》みの男女に走り寄った。男が驚いた顔で、体を反転させた。

「な、何です？」

「ペットボトルの中身は、灯油なんですね？」

「えっ⁉」

「あなた方は、このビルの玄関前で灯油を被《かぶ》って死ぬ気だった。そうでしょ？」

「誰なんだ、あんたは？」

「警視庁の者です。あなた方は投資詐欺《さぎ》に引っかかって、老後の生活費にも困るようになった。で、絶望的になった。ただ、命を絶《た》つだけでは業腹《ごうはら》だと思った。それだから、当てつけに『コロニーサンライズ』の本社前で焼身自殺をしようとしたんじゃないですか？」

「わたしが欲を出さなきゃ、二千六百万も騙《だま》し取られたりしなかったんだ。わたしは愚か者だ、大馬鹿だよ」

「お父さん、そのことはもういいんですよ。あなたは七十六、わたしは七十四になったたんだから、もうこの世に未練はないでしょうが？」

連れの女が男を慰《なぐさ》めた。

「奥さんですね？」

「ええ。わたしたちは横浜に住んでる夫婦で、小寺《こでら》といいます。うまい話に引っかかってね、ほとんど貯《たくわ》えを『コロニーサンライズ』に騙し取られて無一文に近い状態になってしまったんですよ。二人の娘がいますが、どちらも平凡なサラリーマンと一緒になったから、子供たちに甘えるわけにはいかないの。どうか夫と一緒に死なせてください」

「死ぬことはないでしょ。『コロニーサンライズ』を告訴して、投資したお金の何割かでも取り返すんですよ。仮にお金が戻ってこなくても、なんとか生きられるはずです」

「親類の施《ほどこ》しを受けたり、生活保護に頼りたくないんです。わたしたちにもプライドがありますからね」

「それはわかりますが、自死は卑怯《ひきょう》ですよ。はるか年上のあなた方にこんなことを言うのは失礼だと思いますが、人は誰も周囲の人々に支えられて生きてるんです。自殺したら、そういう方たちを裏切ることになるんですよ」

「そうかもしれないけど、夫もわたしももう生きることに疲れ果ててしまったの」

「二人の娘さんには、お子さんがいるんでしょ？」

「ええ、どちらも二人ずつね。長女は娘が二人で、次女は男の子と女の子が……」

「四人のお孫さんのためにも、ご夫婦で強く生きてください」

「そうしたいけど、孫たちにお年玉もあげられない暮らしになってしまったから、生きてても仕方ないの」

「そんなことはないっ」

荒巻は小寺夫人を叱《しか》りつけ、足許《あしもと》にあった三本のペットボトルをショッピングカートの中に戻した。

「勝手なことをしないでくれ」

小寺がしゃがみ込み、灯油入りのペットボトルを両腕で抱え込んだ。荒巻は強引にペットボトルを一本ずつ引き抜き、ショッピングカートの中に収《おさ》めた。

「なんで死なせてくれないんだっ」

小寺が路面を拳《こぶし》で叩《たた》き、泣き声を嚙《か》み殺した。老妻が屈《かが》み込み、夫の肩を黙って抱いた。

荒巻は二台のショッピングカートを覆面パトカーのそばに移した。それから彼は、小寺夫婦をフーガの後部座席に押し込んだ。

まず最初に、夫婦の氏名と現住所を教えてもらった。小寺征夫《ゆきお》・徳子《とくこ》夫妻は横浜市泉区中田町に住んでいた。戸建て住宅だが、借家だという。

「わたしは石川県の貧しい農家の三男坊で、義務教育を終えると、満六十八歳まで配管工として真面目に働いてきたんだ。大手企業じゃないから、退職金は少なかったし、年金だけではとても暮らしていけない。だから、騙し取られた二千六百万の貯えが頼りだったんですよ」

小寺が弱々しく呟《つぶや》いた。

「『コロニーサンライズ』に投資する気になったきっかけは何だったんです？」

「長女の連れ合いが財テク情報誌を見て、高利回りの投資があると教えてくれたんですよ。それで家内と相談して、社長の須磨さつきに直接会ったんです。女社長は出資額に応じて年に八パーセントの配当金を払うと約束してくれて、その分を月割りで振り込んでもいいと言ったんです。一年間分のリターンが二百八万円で、毎月の受取額は十七万三千円ちょっとになります。年金暮らしだから、ずいぶん助かります。そんなことで、わたしは翌日に指定銀行の口座に二千六百万円を振り込んだんですよ」

「それは、いつごろのことなんです？」

「去年の七月のことです。翌八月から十月までは毎月、きちんと配当金がわたしの口座に振り込まれたんです。ところが、十一月から入金されなくなったんですよ」

「『コロニーサンライズ』に問い合わせは？」

荒巻は訊《き》いた。

「もちろん、社長の須磨さつきに何遍《なんべん》も電話をしました。でも、いつも事務手続きの単純なミスだから、何も心配はないと言い訳するだけでした」

「そうですか」

「いっこうに埒《らち》が明かないんで、わたし、去年の十二月の上旬に人権派弁護士として有名だった道岡斉先生に投資詐欺に引っかかったようだと手紙で相談を持ちかけたんですよ。そしたら、道岡先生はわざわざ電話をくださって、似たような被害者が何人かいるので、ベテランの調査員に『コロニーサンライズ』のことを調べさせるとおっしゃってくださったんです」

「その後、道岡弁護士から連絡は？」

「去年の暮に電話をいただきました。投資詐欺のことを調査してた方が神戸で消息不明になったんで、真相究明まで少し時間をくれないかとおっしゃってましたね」

「そうですか」

「頼りにしていた道岡先生がこの三月に何者かに射殺されてしまったので、わたしはすっかり気落ちして、家内といっそ一緒に死んでしまおうと思ったわけです」

「命を自ら捨てるのは罰当《ばち》たりですよ。辛くても生《せい》を全《まっと》うすることが人間の義務だと思うんです」

「そうなんだけど、あまりにも運に見放されてしまったんでね」

「詳しいことは明かせませんが、わたしは道岡弁護士殺害事件のことを極秘に捜査してるんです。それで『コロニーサンライズ』の女社長が事件に関与してる疑いもあると考え、内偵中だったんですよ」

「そうだったんですか。実はわたしたち夫婦も、道岡先生は『コロニーサンライズ』の関係者に殺されたんではないかと推測してたんです」

「行方不明だった道岡法律事務所の嘱託調査員の白骨死体が先日、大阪の千里で発見されました」

「そういえば、そんな事件報道がありましたね。きっと道岡先生と調査員の方は、女社長が雇った殺し屋に口を封じられたんだな」

「その可能性はあると思います。『コロニーサンライズ』の社長が殺人事件には関与してなかったとしても、投資詐欺で摘発されることは時間の問題でしょう。そうなれば、『コロニーサンライズ』の資産は売却されて、出資者に分配されるはずです」

「投資額の半分、いいえ、三分の一でも戻ってくれれば、生きる気力も湧《わ》いてくるんでしょうけどね」

小寺の妻が会話に加わった。

「何割かは取り戻せると思いますよ。ですから、早まったことはしないでください。二人の娘さんと四人のお孫さんを悲しませるようなことはしないでほしいな」

「そんなことはしたくないんですけど、このままでは借家の家賃も払えなくなってしまいますからね」

「家賃の安い公営団地には入れるんじゃないのかな？　その気になれば、生き抜けるはずですよ」

「そうねえ」

「お母さん、もう少し頑張ってみるか？」

小寺が老妻に言った。夫人は無言ながら、大きくうなずいた。

フーガから降りた二人はショッピングカートを引きながら、ゆっくりと歩み去った。

荒巻は、ひとまず安堵《あんど》した。投資詐欺の被害者たちは小寺夫妻のように切羽《せっぱ》詰まった状況に追い込まれているにちがいない。そのことを思うと、須磨さつきに対する憤《いきどお》りが膨《ふく》らんだ。

煙草《たばこ》を喫《す》って、感情の高ぶりを鎮《しず》める。短くなったキャビンマイルドを灰皿の中に突った。

込んだとき、『コロニーサンライズ』の前に黒塗りのキャデラック・セビルが横づけされ
　車内から三人の男が血相を変えて飛び出し、ビルの中に入っていった。明らかに彼らは堅気ではなかった。

　荒巻はナンバーを読み取り、端末を操作した。ナンバー照会で、関西連合会中西組《なかにし》の企業舎弟『リセット・ファイナンス』の車と判明した。

　中西組が『コロニーサンライズ』の真のオーナーなのか。ダミーの女社長は何かミスをして、詰《なじ》られることになったのだろうか。

　十分ほどすると、三人の極道は表に出てきた。相変わらず揃《そろ》って表情が険《けわ》しい。

　彼らはキャデラックに乗り込んだ。大型米国車は急発進し、じきに走り去った。須磨さ
つきが社内にいないことを知って、彼女を捜しに行ったのだろう。

　前方から無灯火のダンプカーが走ってきたのは、十数分後だった。

　ダンプカーは『コロニーサンライズ』の少し手前で急にハンドルを切った。ガードレー
ルを撥《は》ね上げ、そのまま『コロニーサンライズ』の表玄関に突っ込んだ。

　ガラスが砕《くだ》け、コンクリートの支柱がへし折られた。外壁の磁器タイルも飛び散った。

　投資詐欺の被害者が腹いせにダンプカーごと突っ込んだのか。

荒巻はそう思いながら、フーガから出た。

そのとき、ダンプカーの運転台から丸坊主の若い男が飛び降りた。二十三、四歳だろう。特攻服に似た上着をTシャツの上に羽織《はお》っている。下は、だぶだぶのカーゴパンツだった。

ダンプカーのナンバープレートは外されていた。

丸刈りの男が身を翻《ひるがえ》した。逃げる気らしい。

何か手がかりを得られるだろう。荒巻は男を追いかけはじめた。

相手が追われていることに気づいて、脇道に走り入った。ビルとビルの間の細い通りで、街路灯も少なかった。

丸坊主の男は路地から路地を抜け、建材置き場に逃げ込んだ。

足場に使う鉄板やジョイント・パイプが手前に積まれ、その奥には製材された角材や床板が置かれている。建材はシートで覆われていた。

「警察の者だ。逃げても、もう無駄だっ」

荒巻は建材置き場に躍《おど》り込み、大声を張り上げた。

男はフェンスをよじ登りかけていたが、体ごと振り返った。次の瞬間、腰の後ろから大振りのバールを引き抜いた。

「わし、ポリ公とゴキブリは大嫌いなんや。のかんかったら、こいつで顔面をぶっ潰《つぶ》すで。それでもええんやな?」

「坊や、声がちょっと震えてるぞ。虚勢《きょせい》を張らずに、バールを捨てるんだ」

「やっかましい! かかってこいや」

「仕方ない」

荒巻は相手に近づいた。

丸刈りの男がバールを振り翳《かざ》しながら、突進してくる。荒巻は伸縮式の金属警棒を取り出し、ワンタッチボタンを押した。

三段式の警棒が伸び切った。全長六十五センチだった。

「上等やないか」

丸刈りの男がバールを振り回しはじめた。

荒巻は軽やかに躱《かわ》し、反撃のチャンスを待った。二分も経《た》たないうちに、相手の呼吸が乱れた。隙《すき》だらけだった。

荒巻は相手の横に回り込むと見せかけ、前に跳《と》んだ。

相手が焦《あせ》って、顔を正面に戻した。荒巻は男の額を打ち、すぐさま右腕を叩いた。丸刈りの男が呻《うめ》いて、バールを地べたに落とした。

荒巻は肩で相手を弾《はじ》き、バールを遠くに蹴《け》った。

相手は仰向《あおむ》けに引っくり返ったままだった。荒巻は走り寄って、特殊警棒の先端で男の喉仏《のどぼとけ》のあたりを突いた。相手が咳《せき》込み、横向きになった。

「身内の誰かが投資詐欺に引っかかって、大金を『コロニーサンライズ』に騙し取られたんだな？　それで腹を立てて、ダンプカーで本社ビルに突っ込んだんだろ？」

「えっ!?」

「そうじゃなかったらしいな。なんで、ダンプカーごと突っ込んだんだ？」

「頼まれたんや」

「誰に？」

「中学時代の先輩や。その先輩は中西組におるから、断れなかってん」

「おまえの名は？」

「佃《つくだ》や、佃仁《ひとし》いうねん。わしは極道やないで。自動車修理工や」

「先輩の名前は？」

「花山《はなやま》さん、花山正太《しょうた》さんや。中西組がやってる『リセット・ファイナンス』の仕事をしてるはずやねん」

「そいつは、いくつなんだ？」

荒巻は畳みかけた。

「二十七や」

「家《ヤサ》は？」

「山本通《やまもとどおり》四丁目にある『神戸スカイハイツ』に住んどる。部屋は四〇一号室や。花山さんには借りがあるさかい、言われた通りにしただけやねん。『コロニーサンライズ』には、なんの恨みもないんや」

「ダンプカーは花山って奴が用意してくれたのか？」

「そうや。西宮《にしのみや》市内で盗んだ言うてたわ。花山先輩の話やと、『コロニーサンライズ』は『リセット・ファイナンス』から何億も借りてるのに、利払いもようしてんそうや。そやから、少し威《おど》したかったんやないか。女社長が金を返さんかったら、『リセット・ファイナンス』は、あの会社を丸ごと乗っ取るつもりなんやろうな」

佃と称した若者が言って、額に手を当てた。少し血が出ているようだ。

――『コロニーサンライズ』の真のオーナーはてっきり関西連合会だと思ってたが、そうではないらしいな。だとしたら、女社長はどんな方法で開業資金を用意したのか。ちゃんとしたスポンサーがいるんだろうか。それとも、須磨さつき自身が危《ヤバ》いことをやって、事業資金を都合つけたのか。しかし、経営が苦しくなったんで、投資詐欺を思いついたんだろうか。

荒巻は胸底《きょうてい》で呟《つぶや》いた。

「わし、好きな女がおるねん。刑務所《ムショ》行きになったら、その女、悲しむと思うわ」

「その彼女に本気で惚《ほ》れてるんだったら、花山って先輩と縁を切って、遠くに駆け落ちしろ」

「逮捕《パク》られんかったら、そうするわ。花山さんにはかわいがってもろたけど、先輩は極道やからな。つき合うとっても、なんもええことあらへん」

佃がぼやいた。

「だったら、この際《さい》、きっぱりと縁を切るんだな」

「そうするわ。で、どうなんや？　わしのこと、見逃してくれるんか？」

「半端な奴を逮捕《パク》っても、手柄にならないからな」

荒巻は言って、建材置き場を出た。来た道を引き返し、『コロニーサンライズ』の前に戻る。

数台のパトカーと覆面パトカーが車道に連《つら》なり、ダンプカーの周《まわ》りには野次馬が群れていた。福祉施設運営会社の社員と思われる中年男性が捜査員の事情聴取を受けている。荒巻は通行人を装って、人垣の後ろに立った。

七、八分待つと、事情聴取が終わった。

中年男性は野次馬を掻《か》き分け、三宮駅方面に歩きだした。荒巻は男を追尾《ついび》し、百メートルほど先で呼び止めた。

「『コロニーサンライズ』の社員の方ですね？　わたし、警視庁の者です」

「東京の刑事さんでっか⁉」

「そうです。ある事件の内偵捜査で神戸に来たんですよ。あなたの勤め先は、関西連合会の息のかかった『リセット・ファイナンス』から億単位の事業資金を借りてるという情報を入手したんですが、それは事実なんですかね？」

「わたしは営業畑の人間やから、ようわかりません。けど少し前に、『リセット・ファイナンス』の者が会社に押しかけてきて、利払いだけでもせいやと凄《すご》んだりしてますんで、それは間違いないと思いますわ」

「そう。それから、社長の須磨さつきが高利回りで釣って、高齢者たちから二十七億も集めたって話も聞いてるんですよ。もう兵庫県警の捜査二課が内偵してるらしいんだ」

「それについてはよう知りまへんけど、社長名指《なざ》しでクレームの電話が一日に何十本もかかってくることは確かです。資金の調達は須磨社長ひとりでやってますんで、わたしら社員は誰も投資の件は知らんのですわ」

「そうですか」

「うちの社長が詐欺まがいのことをしてたんやったら、中西組の『リセット・ファイナンス』に弱みを握られることになるんやろうな。そうなったら、借金の代わりに経営権を奪われるんちがいまっか？」

「そうなるかもしれませんね」

「社員の多くは最悪な事態になったら、会社を辞めるんやないかな。わしも退職する気でおるんや。極道の下で働くことなんてできしませんからね」

「女社長に相談相手というか、陰の協力者みたいな男がいると思うんだが、誰か思い当たりませんか？」

「ようわかりませんわ。うちの社長は私的なことは、絶対に洩《も》らしたりしませんのや」

「そうですか」

「もうよろしいでっか？」

男はそう言ってから、足早に歩み去った。

——田代警視総監に連絡して、須磨さつきの看護師時代のことを少し調べてもらうか。

それはそうと、今夜の塒《ねぐら》を決めないとな。

荒巻は踵《きびす》を返し、覆面パトカーに向かって歩きだした。

## 2

香水の匂いが鼻腔《びこう》をくすぐる。

須磨さつきがワイングラスを手にしたまま、身を寄せてきた。鷲津は一瞬、むせそうになった。

新神戸駅のそばにある高層ホテルのワインバーだ。二十階だった。

嵌《は》め殺し窓の向こうには、北野《きたの》異人館街の灯《ひ》が見える。ポートアイランドのホテルから移ったのは、数十分前だった。

「ここ、気に入ってもらえたかしら？」

「ああ。神戸市全体の夜景が見えるね」

「わたしね、仕事で疲れたとき、ここで独《ひと》りでゆったりとワインを飲むの。そうするとね、だんだん心が癒《いや》されるんです」

「独りというのは、怪しいな」

「ほんまに独りですよ」

「女の関西弁は悪くないね」

「ビジネス絡みのときは標準語を使うようにしてますの」

「また、改まった喋《しゃべ》り方になったな」

「力丸さまとは初対面ですもの」

「いっそ二人の距離を一気に縮めるか」

「いけない方ね、年上の女をからかったりして」

女社長が身を捩《よじ》って笑った。弾みで、赤ワインが零《こぼ》れた。飛沫《ひまつ》が鷲津のオフホワイトのチノクロスパンツを汚した。

「ごめんなさい」

さつきがハンドバッグからハンカチを取り出し、ワインの染《し》みた箇所を拭《ぬぐ》った。だが、汚れは落ちなかった。

「困ったわ」

「気にしないでくれ。安物のチノパンだから、どうってことないさ」

「でも、染みがかなり目立つわ。わたし、部屋を取ります。それで、あなたのパンツをクイック・クリーニングサービスに回すわ。部屋で一、二時間お喋りをしてれば、パンツはきれいにしてもらえると思うの」

「男と女が密室にいたら、妙なことになるぜ」

「成りゆきに任せましょうよ。少し待ってて」

「それはかまわないが……」

鷲津はロングピースに火を点《つ》けた。さつきが席を立ち、ワインバーから出ていった。

──体を張って、おれに大口投資をさせようって魂胆《こんたん》だな。口説《くど》く手間が省《はぶ》けた。

鷲津は、にんまりした。

少し待つと、女社長が戻ってきた。彼女は、鷲津の耳許で部屋を取ったと甘く囁《ささや》いた。

二人はワインバーを出て、十五階のツインルームに移った。

「バスルームでチノパンをお脱ぎになったら、ドアの前に置いておいていただけます？わたくしがクイック・クリーニングに回しておきますから」

「わかったよ」

「ついでにシャワーをお浴びになったら？」

さつきが艶然《えんぜん》と言った。

鷲津は黙ってうなずき、バスルームの並びにあるクローゼットに歩《ほ》を進めた。最初に上着を脱ぎ、サイレンサー・ピストル、警察手帳、運転免許証、携帯電話などを包み込んだ。それをクローゼットの隅に置き、長袖シャツを被せる。

チノクロスパンツをバスルームの前に置き、トランクス姿になった。バスタブに湯を落としてから、ドアに耳を押し当てる。

　さつきの足音が近づいてきた。チノクロスパンツを摑《つか》み上げる気配が伝わってくる。女社長はクローゼットの扉を開けることもなく、すぐに遠のいた。

　──おれを怪しんでる様子はないな。

　鷲津は警戒心を緩《ゆる》め、トランクスを脱いだ。湯船に浸《つ》かり、ボディーシャンプーの泡を全身に塗りたくった。

　立ち上がって、バスタブの栓《せん》を抜く。シャワーで体の泡を洗い落としていると、バスルームのドアが開いた。

「わたくしも汗を流したくなったの」

　さつきは一糸もまとっていなかった。裸身は熟《う》れていた。乳房は豊満で、下半身もむっちりとしている。股間《こかん》の翳《かげ》りは淡かった。

　鷲津は無言で女社長を抱き寄せ、唇を重ねた。

　さつきが情熱的に舌を絡めてきた。鷲津はディープキスを交わしながら、優しく前戯を施《ほどこ》した。

　さつきの秘部は早くも潤《うる》んでいた。硬く痼《しこ》った部分に愛撫《あいぶ》を加えると、彼女は呆気《あっけ》なく極《きわ》みに昇りつめた。甘やかに唸《うな》りながら、内腿《うちもも》を小刻みに震わせた。

「ベッドで待ってるよ」

鷲津はトランクスを丸め、バスルームを出た。

フットライトだけが灯《とも》っていた。

鷲津はソファで一服してから、窓側のベッドに横たわった。窓はオートカーテンで閉ざされていた。
七、八分が流れたころ、白いバスローブ姿のさつきがベッドに近づいてきた。
「とっても上手なのね」

「そっちの感度がいいのさ」

鷲津は上体を起こし、バスローブのベルトをほどいた。女社長がバスローブを肩から滑《すべ》らせた。

鷲津はさつきを引き寄せ、フラットシーツに組み敷いた。柔肌が心地よい。

「いつも女の武器を使って、運転資金を調達してるわけじゃないのよ。あなたは特別だってこと、わかってね」

さつきが小娘のような台詞《せりふ》を口にし、鷲津の首に腕を回した。

二人は胸を重ね、改めて唇を吸い合った。数多くの女性とベッドを共にしてきた鷲津は、たちどころに相手の感じやすい場所を探し当てる。性感帯は人によって、微妙に異《こと》なる。

女社長は項《うなじ》や脇腹に唇を這《は》わせただけで、鋭く反応した。乳首は、さほど感じていない様子だ。木の芽に似た突起は驚くほど敏感だった。

鷲津は的確にさつきの官能を煽《あお》った。彼女は魚のように体をくねらせ、またもや沸点《ふってん》に達した。愉悦《ゆえつ》の声は長く尾を曳《ひ》いた。

鷲津は頃合を計《はか》って、体を繋いだ。

正常位だった。体位《ラーゲ》を変えながら、徐々に女社長を頂《いただき》に押し上げていく。

やがて、さつきは快楽の海に溺《おぼ》れた。鷲津は断続的に搾《しぼ》り上げられた。ゴールに向かって疾駆《しっく》しはじめた。

さつきは、狂おしげにリズムに合わせた。ほどなく鷲津は爆《は》ぜた。ほんの一瞬だったが、背筋が痺《しび》れた。頭の中も白濁《はくだく》した。

「このまま死んでもええわ」

さつきが満足げに言った。内奥《ないおう》は、まだ緊縮を繰り返している。快感の証《あかし》だ。

二人は余韻《よいん》に身を委《ゆだ》ねた。

「わたし、あなたから離れられなくなりそう」

「おれもだよ。こんなに体の合う女は初めてだ」

「わたしもよ」

　親父の遺産の三億五千万は、そっくり『コロニーサンライズ』に投資しよう。それから時期を見て、田園調布の自宅を売却するよ」

「ほんまに？　嬉しいわ」

女社長が火照《ほて》った腿《もも》で、鷲津の腰を挟《はさ》んだ。

──シャワーを浴びさせたら、この女を締め上げるか。

鷲津は女社長から離れ、紫煙をくゆらせはじめた。

さつきがベッドから降り、バスローブをまとった。彼女はバスルームに向かった。

鷲津は煙草を喫《す》い終えると、トランクスを穿《は》いた。ベッドに大の字になって、軽く目を閉《と》じた。

バスルームからシャワーの音がかすかに響いてくる。さつきは体を洗ったら、メイクをするにちがいない。しばらく戻ってこないだろう。

鷲津は睡魔に克《か》てなかった。

うつらうつらしかけたとき、こめかみに固く冷たい物が触《ふ》れた。反射的に目を開けると、ベッドサイドにマカロフＰｂを持った女社長が立っていた。身繕《みづくろ》いを終えている。

「たいした役者ね。あなたがまさか刑事だと思わなかったわ」

「クローゼットの中の上着の中を覗《のぞ》いたんだな？」

「そうよ。資産家の息子に化けて、いったい何を探《さぐ》ってたの？」

「あんたは高齢者たちにハイリターンを払うからと嘘をついて、二十七億の金を騙し取ったんじゃないのか？　それだけじゃない。投資詐欺のことを嗅《か》ぎつけた調査員の文珠惣司と弁護士の道岡斉を誰かに射殺させた。違うかい？」

「なんの話をしてるの⁉　どっちも初めて聞く名だわ」

「白々しいぜ」

「神戸に来た目的を喋らないと、撃つわよ」

「スライドは引いてあるな。海外のシューティング・レンジで実射したことがあるみたいだね？」

「ええ、何回もあるわ。これがサイレンサー・ピストルだってこともわかってる」

「そうかい。しかし、射撃場の標的《ターゲット》は撃てても、人間をシュートできるとは限らないぜ。的《まと》は生身の人間だからな」

　鷲津は言った。

「わたしはね、命懸《が》けで事業をやってるのよ。『コロニーサンライズ』は命と同じぐらい大切なの。会社を潰《つぶ》すなんてことはできない。自分の会社を守り抜くためなら、なんだってやるわ」

「撃ってみろ。言っとくが、おれはただの刑事じゃないんだ。あらゆる超法規捜査が認められてるんだよ。そっちが引き金を絞ったら、迷うことなく射殺する」

「その前に、あなたが先に死ぬことになるわ」

さつきが銃把《グリップ》に両手を添え、引き金の遊びをぎりぎりまで絞った。さすがに鷲津は少しばかり緊張した。

消音器の先端は、こめかみに密着している。下手に動いたら、被弾することになるだろう。

「会社は火の車なんだろ?」

「返事をはぐらかさないで！　こっちに来たのは、なぜなのよっ」

「投資詐欺の物証を押さえたかったのさ。それから、二件の殺人事件の真相を探《さぐ》ってた」

「わたしは法に触れるようなことは何もしてないわ。出資してくれた方たちには、きちんと年利八パーセントの配当分を払ってるもの」

「その話を鵜呑《うの》みにはできないな」

「もういいわ」

「こんな至近距離で撃ったら、そっちは返り血を浴びることになるぜ」

「そうね」

さつきが数歩退《さ》がった。

鷲津は腰を軸《じく》にして、下半身をハーフターンさせた。片脚がさつきの右腕に当たった。

空気の洩《も》れる音がした。発射音だ。

鷲津は女社長の背に覆《おお》い被《かぶ》さり、マカロフPbを奪い取った。

さつきが這《は》って、窓辺まで逃《のが》れた。鷲津は女社長の片方の足首をむんずと摑《つか》み、引き寄せた。すぐに仰向けにさせ、サイレンサー・ピストルの先端を心臓部に当てる。

「形勢が逆転したな」

「わたしを撃つ気なの？」

「そっちの出方によってはな」

「やめて！　お願いだから、撃たないでちょうだい」

「死にたくなかったら、おれの質問に正確に答えるんだな」

「ええ、そうするわ」

「高齢者たちから、出資金を騙し取ったな？」

「わたし、極道たちに協力させられただけなのよ」

「協力だって？」

「ええ。わたし、資金繰りが苦しくなって、関西連合会中西組の企業舎弟の『リセット・ファイナンス』から二億ほど借りたのよ。一年半ほど前にね。だけど、年利五十パーセント以上の高利だったから、じきに元金の返済ができなくなったの。そのうち、利払いも滞《とどこお》らせるようになってしまったのよ」

「それで？」

「『リセット・ファイナンス』の鬼頭貞和《きとうさだかず》って社長は、うちの会社の共同経営者にしてくれたら、債務はチャラにしてくれると言いだしたの。でも、わたしは断ったわ。それを認めたら、早晩《そうばん》、『コロニーサンライズ』を乗っ取られると思ったからよ。鬼頭は中西組の若頭なんだけど、中小企業を何十社も乗っ取ってきた男なの」

「そいつは、いくつなんだ？」

「ちょうど五十歳よ。自宅は関西連合会の本部と同じ灘区《なだく》にあるの。ちょっと目立つ豪邸よ。鬼頭は債務者たちを丸裸にして、リッチになったの。女好きだけど、冷血漢そのものね。お金になるなら、どんな汚いことでもやる男なのよ」

「極道でのし上がった奴は、どいつも同じようなもんさ」

「ええ、そうね。鬼頭はわたしに債務は帳消しにしてやるから、投資詐欺をやれって言ったのよ。わたし、すぐに断ったわ。そしたら、鬼頭は子分たちにわたしを拉致《らち》させて、倉庫みたいな建物に監禁させたの」

「そこで、鬼頭の手下どもに輪姦《マワ》されたんだな？」

「ううん、姦《や》られはしなかったわ。だけど、若い極道たちはわたしの目の前で鶏《にわとり》の首をへし折ったり、蛇の皮を剝《む》いたりしたの。逃げ回る家鴨《あひる》に矢を放ったりもしたのよ。わたしは言う通りにしなかったら、いまに嬲《なぶ》り殺しにされると感じたんで、仕方なく……」

「鬼頭に言われるまま、投資詐欺を働いたのか？」

「ええ。二十七億円ほど出資金が集まったんだけど、全額、『リセット・ファイナンス』に振り込んだの。わたし自身は少しも儲《もう》けてないのよ。それどころか、出資者に数カ月は配当金を払ったから、大損だわ」

「しかし、『リセット・ファイナンス』から借りた二億円は結局、チャラにしてもらったんだろ？」

「ええ、それはね。投資詐欺の片棒を担《かつ》がされたわけだから、それぐらいのことはしてもらわないとね」

「文珠という調査員と道岡弁護士が『コロニーサンライズ』のことを嗅《か》ぎ回ってる気配は、感じ取ってたはずだ」

「わたしは、それにはまったく気づかなかったわ。でも、鬼頭がその二人のことは話してくれたのよ。そのとき、『リセット・ファイナンス』の社長は、うるさくまとわりつく蠅《はえ》は叩き潰さんとなと眩いてたわ。だから……」

「調査員と弁護士は、鬼頭が殺し屋《プロ》に始末させた？」

「わたしは、そう思ってるの」

「兵庫県警の捜二《そうに》の内偵にも気づいてたんだろ？」

「ええ、それはね。わたしはびくびくしてたんだけど、鬼頭は県警本部長の弱みを押さえてあるから、何も心配はいらないと言ってたわ」

「そっちが喋ったことが事実かどうか、確認しないとな。鬼頭に電話をして、ここに呼べ。女好きなら、相手がホテルで待ってると言えば、吹っ飛んでくるだろう」

「それはどうかしら？　鬼頭は二十六歳の女を囲ってるの。頭は悪そうだけど、すごくグラマラスなのよ。二十三、四まで、レースクイーンをやってたって話だったわね。確か秋《あき》吉志帆《よししほ》って名だったと思うわ」

「そっちだって、女盛りだ。鬼頭って奴は、ここに来るだろう。とにかく、電話をしてみてくれ」

「わかったわ。その前にトイレに行かせて。怕《こわ》い目に遭《あ》ったから、おしっこが漏《も》れそうなのよ」

さつきが言った。鷲津は黙ってうなずき、腰を伸ばした。さつきが急いで立ち上がり、手洗いに向かった。

鷲津はサイレンサー・ピストルをナイトテーブルの上に置き、ベッドに浅く腰かけた。

女社長がトイレのドアを開けた。だが、中には入らなかった。さつきはハンドバッグを胸に抱え、部屋の出入口に走った。

油断しすぎてしまった。

鷲津は舌打ちして、すぐに腰を浮かせた。トランクス姿で、さつきを追った。

部屋の前に走り出ると、廊下に中年のカップルがいた。女社長はエレベーター乗り場に向かっていた。

「どうされました？」

男が話しかけてきた。

「連れの女と感情の行き違いがあってね」

「そうでしたか」

「見苦しいとこを見せちゃったな」

鷲津は頭に手をやって、部屋のドアを閉めた。下着だけで廊下を走るわけにはいかない。手早く衣服をまとっても、もう間に合わないだろう。

鷲津は自分の迂闊《うかつ》さを呪《のろ》いながら、クローゼットに歩み寄った。シャツを着て、上着を羽織る。

ホテルマンが染み抜きしたチノクロスパンツを届けてくれたのは、数分後だった。

鷲津はドアを細く開け、チノクロスパンツを受け取った。すぐにチノクロスパンツを穿《は》き、靴に足を入れた。

ちょうどそのとき、相棒の荒巻から電話がかかってきた。

「生田川《いくたがわ》沿いにあるホテルにシングルルームを取ったよ。中央区の二宮《にのみや》神社の近くだ」

「そうか。収穫は？」

鷲津は訊いた。荒巻が張り込み中の出来事を細かく話した。

「『リセット・ファイナンス』の連中が女社長に金の返済を迫ってるようだったのか。それから中西組の花山って構成員が佃という自動車修理工にダンプカーを『コロニーサンライズ』の表玄関に突っ込ませたんだな？」

「ああ」

「女社長の言い分と話が喰い違うな。須磨さつきは『リセット・ファイナンス』から借りた二億円をチャラにしてもらう代わりに、鬼頭という社長に投資詐欺を強《し》いられたと言ってたんだよ。年配者から集めた二十七億円あまりの出資金は、そっくり関西連合会中西組の企業舎弟の口座に振り込んだとも言ってた」

「そうだとしたら、『リセット・ファイナンス』の若い連中が血眼《ちまなこ》になって、須磨さつきを捜し回ったりしないはずだ。それから、ダンプカーも突っ込ませないよな？」

「女社長が苦し紛《まぎ》れに、もっともらしい嘘をついたんだろうか」

「そうにちがいないよ」

「荒巻《アラ》、そう結論を急ぐなって。『リセット・ファイナンス』の鬼頭社長が須磨さつきに投資詐欺をやらせたことを糊塗《こと》したくて、チャラにしたはずの貸金の回収をしてる振りをさせてるとも考えられなくもないからな」

「それは、いくらなんでも穿《うが》ち過ぎなんじゃないか？　女社長は鬼頭を誘《おび》き出す前に逃げたんだろ？」

「彼女は、単に極道の仕返しが怕《こわ》くて逃げた可能性もある」

「明日、女社長と鬼頭の両方を締め上げてみよう。そうすれば、どっちが事実を曲げたかがわかるだろうからな」

「そうだな」

鷲津はホテル名と部屋番号を頭に叩き込んでから、携帯電話の終了キーを押した。

## 3

午前十一時を回った。

女社長は、まだ出社していない。しばらく潜伏する気になったのではないか。

荒巻は、『コロニーサンライズ』本社ビルから四十メートル離れた舗道に立っていた。

相棒は近くで煙草を吹かしている。二台の覆面パトカーは脇道に隠してあった。

「須磨さつきは昨夜《ゆうべ》のことがあったんで、当分、身を隠す気になったようだな」

鷲津がロングピースをくわえたまま、くぐもり声で言った。

「おれもそう思うよ。そうだったとしても、会社の幹部の誰かには居所を教えてるんじゃないかな？」

「だろうね。荒巻《アラ》、それとなく探りを入れてくれないか」

「了解！」

荒巻は大股《おおまた》で、『コロニーサンライズ』の本社ビルまで歩いた。ダンプカーで破損された箇所は、青いビニールシートで目隠しされている。

荒巻は狭い出入口を通り抜け、一階の受付カウンターに近づいた。誰もいなかった。

事務室のドアを開けると、女性社員が椅子《いす》から立ち上がった。二十八、九歳だった。

荒巻は会釈《えしゃく》し、女性社員を手招きした。

「警視庁の者ですが、須磨社長はまだ出社されてないんでしょ？」

「はい。須磨は体調がすぐれないんで、二、三日、自宅で療養することになったんです。社長が何か悪いことでもしたんでしょうか？」

「いや、そういうことじゃないんだ。単なる聞き込みですよ」

「そうなんですか。兵庫県警の事情聴取も受けたみたいだから、わたしたち社員はなんだか不安なんです。関西連合会の人たちも借金の取り立てに来てますんでね。刑事さん、うちの社長は近々、逮捕されるんでしょうか？」

「それはないと思うよ。それより、須磨社長の自宅を確認したいんだが……」

「北野町四丁目にある『北野アビタシオン』というマンションの三〇三号室が自宅です。神戸外国倶楽部《くらぶ》の斜め前に建ってる煉瓦《れんが》タイルのマンションです」

「社長の実家も兵庫県内にあるんだったね？」

「ええ、加古川《かこがわ》市の実家には母親と兄一家が住んでるはずです」

「役員のどなたかにお目にかかりたいんだがな」

「いま、役員会議中なんですよ。午後一時前には会議が終わると思うのですけど」

「そういうことなら、出直すことにしましょう。お仕事を中断させてしまって、申し訳ない」

荒巻は相手に謝《あやま》って、『コロニーサンライズ』の本社を出た。鷲津のいる場所に戻り、経過を伝える。

「北野町四丁目の自宅マンションにいるとは思えないが、ちょっと行ってみようや」

「そうするか」

荒巻は同意した。二人は肩を並べて脇道に足を踏み入れ、おのおの覆面パトカーに乗り込んだ。

鷲津が先に四輪駆動車を発進させた。荒巻はフーガで相棒の車に従った。

二台の車は山手幹線道路を進み、中山手《なかやまて》通《どおり》三丁目交差点を右折した。神戸北野ホテルの前をたどり、山本通三丁目交差点を突っ切った。さらに道なりに進むと、『北野アビタシオン』が右側にあった。八階建てだった。

荒巻たちは公用車を路上に駐《と》め、『北野アビタシオン』のアプローチを進んだ。

表玄関はオートロック・システムになっていた。だが、常駐の管理人はいなかった。

荒巻は集合インターフォンの前に立ち、女社長の部屋番号を押した。しかし、なんの反応もなかった。

「やっぱり、自宅にはいないようだな」

「せっかくここまで来たんだから、須磨さつきの部屋に忍び込もう。何か手がかりを得られるかもしれないからな」

鷲津が提案した。荒巻は無言でうなずいた。

二人は中腰で内庭を抜けて、非常階段を昇りはじめた。三階の踊り場に達すると、荒巻は屈み込んだ。

「アラームが鳴り響いて居住者たちが騒ぎはじめたら、警察手帳《パス》を見せよう」

鷲津が言って、ピッキングに取りかかった。十秒足らずで、非常扉のロックは外れた。

アラームは鳴らなかった。

二人は建物の中に侵入した。

三〇三号室に急ぐ。鷲津がドア・ロックを解除した。荒巻たちは室内に入った。

間取りは2ＬＤＫで、家具や調度品は安物ではなかった。分譲マンションだとしたら、価格は五千万円前後だろう。賃貸なら、家賃は三十万円近いのではないか。

中央に二十五畳ほどのＬＤＫがあり、右側に十畳あまりの洋室があった。寝室だ。ベッドはダブルだった。左側には和室がある。

「ベッドはダブルだから、女社長には男がいるな」

荒巻は言った。

「ああ、多分な。須磨さつきは、その彼氏の家に匿《かくま》ってもらってるのかもしれない」

「考えられるな。そいつのことがわかるといいんだが……」

「手分けして、手がかりを探そう」

鷲津がベッドのある洋室に消えた。荒巻は居間のサイドボード、飾り棚、ソファセットの周《まわ》りをくまなく検《しら》べた。だが、無駄骨を折っただけだった。

荒巻は和室に移動した。中央に漆塗《うるしぬ》りの座卓が置かれ、隣家との仕切り壁際《かべぎわ》には和簞《わだん》笥《す》と姫鏡台《ひめきょうだい》が並んでいる。

反対側の壁面には、和風の書棚が据《す》えてあった。単行本や文庫本が詰められ、二冊のアルバムも収められている。片方のアルバムには、看護師時代の写真が貼られていた。白衣姿で写っているものが目立つ。職場の医師やナース仲間と一緒に撮《と》られた写真が大半だ。単独で写っているものは数葉《すうよう》だった。そのうちの一枚の背景には、医院の看板がくっきりと写っていた。城南医療センターと記されている。

荒巻は、もう一冊のアルバムを手に取った。それには、三十三、四のスポーツインストラクターと思われる筋骨隆々《きんこつりゅうりゅう》とした男の写真だけが貼付《ちょうふ》されていた。

女社長の彼氏だろう。

荒巻は写真の背景を仔細《しさい》に見た。トレーニング機器には、『三宮スポーツクラブ』という文字が見える。

荒巻はアルバムから一葉《いちよう》の写真を引き剝《は》がし、上着の内ポケットに入れた。

そのとき、鷲津が和室に入ってきた。

「須磨さつきは彼氏をここに泊めてるな。寝室のクローゼットの中に男物のバスローブとパジャマが入ってた。それから、ナイトテーブルの引き出しの中にはスキンの箱もあったよ」

「その男は、こいつだと思う」

荒巻はアルバムを相棒に渡した。鷲津が頁《ページ》を繰《く》りはじめた。

「写真の男は、『三宮スポーツクラブ』のインストラクターなんだろう。多分、女社長もそのスポーツクラブの会員だったんだろうな。それで、二人は親しい関係になったんじゃないか」

「そうなんだろうな。NTTの番号案内係にスポーツクラブの電話番号を問い合わせて、所在地を探り出そう。女社長が彼氏の自宅に匿《かくま》われてるかもしれないからな」

「そうだな」

荒巻は携帯電話を取り出し、一〇四と数字キーを押した。『三宮スポーツクラブ』の電話番号を教えてもらい、すぐにコールした。

スポーツクラブは、布引町三丁目にあった。地下鉄三宮駅の近くらしい。

「彼氏の写真を一枚いただいて、『三宮スポーツクラブ』に行ってみようや」

「そのつもりで、もう無断借用したよ」

「真面目人間も最近は、アウトローっぽくなってきたな」

「鷲津《ワシ》の影響だよ。ところで、昨夜《ゆうべ》、そっちは女社長といかがわしいことをしたのか？」

「おれは気乗りしなかったんだが、据《す》え膳《ぜん》を喰わなかったら、女を傷つけることになるからな」

鷲津がアルバムを書棚に戻し、先に和室を出た。

二人は三〇三号室を出ると、非常階段を下《くだ》った。覆面パトカーに乗り込み、三宮駅方面に向かう。

十数分で、『三宮スポーツクラブ』に着いた。荒巻たちは車を路肩《ろかた》に寄せ、どちらもハザードランプを瞬《またた》かせた。

スポーツクラブは四階建てのビルだった。外壁は灰色だ。各階の窓はガラス張りで、外から内部の様子がわかる。

荒巻たちは一階のクロークに直行した。クロークには、ボーイッシュな髪型の若い女性が立っていた。スウェットの上下を身につけている。二十二、三歳か。

「この彼は、ここのインストラクターなんでしょ？」

荒巻は懐《ふところ》から写真を取り出し、相手に見せた。

「ええ、そうです。失礼ですが……」

「警視庁の者です。このインストラクターの名前は？」

「久住昌宗《くすみまさむね》です」

「年齢は？」

「三十四歳だったと思います」

「いま、何階にいるのかな？」

「きょうは欠勤してるんです。急に歯痛がひどくなったんで、休むということでした」

「そう。久住さんが事件関係者を自宅に匿ってるかもしれないんですよ」

「えっ⁉」

「このクラブの会員に、須磨さつきという女性はいます？」

「その方は半年ぐらい前に脱会されました。というよりも、オーナーが須磨さんに遠慮していただいたんです」

「なぜなのかな？」

「答えにくい質問ですね」

クロークの女性が困惑顔になった。

「きみに迷惑はかけないよ。だから、捜査に協力してほしいんだ」

「わかりました。須磨さんは一年数カ月前に入会されたんですが、そのころから久住インストラクターに熱を上げて、彼が別の女性会員に指導してると、露骨に嫉妬《しっと》するんですよ。ヒステリックな声で久住インストラクターを呼び寄せて、わざとべたべたするんです」

「そう」

「久住インストラクターは最初のうちは迷惑がってたんですけど、須磨さんが会社経営者と知ってからは逆に彼女の機嫌を取るようになりました」

「打算が働いたわけか」

「そうなんだと思います。彼は独立して、自分のスポーツクラブを持ちたがってましたから。それはいいんですけど、四年も交際してた恋人と別れちゃったんですよ。だから、同僚のみんなに久住インストラクターはヒモ男と軽蔑《けいべつ》されてるんです。わたしも苦手ですね、彼は」

「久住という彼は、女社長から小遣いをたっぷり貰ってるのかな？」

「そこまではわかりませんけど、半年ぐらい前にＢＭＷのスポーツカーを買ってますから、金銭的な援助をしてもらってるんでしょうね。いずれは、スポーツジムの開業資金を年上の彼女に出してもらうつもりなんじゃないのかしら？」

「そうなんだろうな。久住インストラクターの自宅の住所、教えてもらえる？」

荒巻は打診《だしん》した。

クロークの女性が快諾《かいだく》し、メモにボールペンを走らせた。

荒巻は紙片を受け取った。久住の住まいは、明石《あかし》市朝霧丘《あさぎりがおか》にあった。古い借家で独り暮らしをしているらしい。

荒巻たちは、じきに『三宮スポーツクラブ』を後《あと》にした。

久住の自宅をめざす。二十数キロ走ると、明石市内に入った。

目的の戸建て住宅は、住宅街の外れにあった。小さな平屋で、周囲は畑だった。

荒巻たちは覆面パトカーを人目につかない場所に置き、久住の自宅にそっと近づいた。

敷地内には、ドルフィンカラーのＢＭＷのスポーツカーが駐めてあった。久住は自宅にいるようだ。

「そっちは家の裏手に回ってくれないか。おれは庭から家の中を覗いてみるよ」

荒巻は相棒に言った。鷲津が姿勢を低くして、畑を横切り、家屋《かおく》の裏手に回った。

荒巻は久住宅の垣根《かきね》の間を潜《くぐ》り抜け、庭先に入り込んだ。

庭は雑草だらけだった。荒巻は腰を屈め、濡《ぬ》れ縁に接近した。古びたガラス戸は、すべて閉まっていた。

荒巻は耳をそばだてた。すると、男と女の声が聞こえた。

「マーちゃん、うちと一緒に一カ月ほど海外で暮らさへん？」

さつきの声だろう。相手は久住らしい。

「きのうの晩も訊《き》いたことやけど、さつきさん、ほんまに危《ヤバ》いことはやってへんの？」

「うちは潔白や。『リセット・ファイナンス』の鬼頭社長がわたしんとこの会社の名を使《つこ》うて、勝手に全国のお年寄りから約二十七億のお金を集めたん」

「それやったら、兵庫県警の刑事にそう話すべきやと思うな。どうして、そうせんの？」

それが不思議やねん」

「事実を言うたら、うちは中西組の者《もん》に殺されるわ。それが怕《こわ》いねん。その前に、きっと鬼頭に『コロニーサンライズ』を乗っ取られるわ」

「それ、おかしいんやない？　『リセット・ファイナンス』から借りた運転資金は、もう返済した言うてたやろ？」

「そうや」

「ほんなら、別に中西組なんか怕いことあらへんやないか？　さつきさん、何か鬼頭に致命的な弱みを握られてるんやない？」

「久住君、何を言い出すのん⁉　目をかけてきたマーちゃんにそないなことを言われるなんて思わんかったわ。鬼頭に別に弱みなんか摑まれてへんで」

「けど、以前に返済が遅れたことがあったいう話やったやろ？　そのとき、鬼頭に変なことをされたんやない？　それで、恥ずかしい姿をビデオで撮《と》られたとか……」

「怒るで。うちは、そんな安っぽい女やないわ。命懸《が》けで、いまの事業をやってるんやで。返済が少しぐらい遅れたって、好きでもない男に体なんか与えんわ」

「そうやね。ぼく、謝るわ。それはそうと、前々から一度訊こうと思ってたんやけど、東京で十年以上もナースをやってたとしても、『コロニーサンライズ』の開業資金なんか溜《た》められない思うんやけどな」

「そのこと、まだマーちゃんに話してなかったね。看護師時代にうちを頼りにしてくれてたお金持ちのお婆《ばあ》さんがおったの。その人が亡《な》くなったとき、うちに遺産の三分の一をくれたん」

「いくら？」

「五億円や。それを元手にして、事業を興《おこ》したん。母と兄にはそのことを話したんやけど、ほかの誰にも言わんかったの。妬《ねた》まれるだけやと思うたからよ」

「そうやったんか。それなら、納得できるわ。ぼくは、さつきさんが看護師時代に何か悪いことをして大金を手に入れたんやないかと少し疑ってたんや。中西組の鬼頭がその弱みをちらつかせて、さつきさんの会社を舞台に投資詐欺をやったんやないかと……」

「事業家やけど、うちは女やから、やっぱり極道は怕《こわ》いねん。ああいう連中は理屈が通じないやろ?」

「そうやね。極道は法律も警察も無視してるから、ほんまに無茶やりおる」

「うち、警視庁の鷲津とかいう刑事に鬼頭の悪事のことを喋ってもうたから、中西組と警察の両方に追っかけられるんちゃうかな?」

「かもしれへんね」

「そやから、しばらく国外のどこかに潜伏したいんや。けど、自分ひとりじゃ心細いねん。そやから、マーちゃんに一緒に行ってほしいんや。タイのプーケットあたりに潜《もぐ》り込もう思うてるんやけど、どうやろ?」

「ええよ、一緒に行っても」

「ほんまに?」

「うん。けど、一つだけ条件があるんや」

「どない？」

「ほとぼりが冷めて日本に戻ってきたら、ぼくにスポーツクラブを持たせてほしいねん。最初は貸ビルのテナントから出発するつもりやから、開業資金は四千万ぐらい用意してもらえれば……」

「マーちゃん、しっかりしてるやん。ええよ、開業資金はうちが用立ててあげるわ。好きな男がそれで喜んでくれるんやったら、安いもんや」

「さつきさん、結婚しよう？」

「久住君、あんまり無理せんといて。うちは年上やから、マーちゃんと結婚なんかせんでもええのん。心と体が寂しくなったら、会《お》うてくれればええんやて」

女社長が急に口を噤《つぐ》んだ。室内の二人は何か密《ひそ》かに言い交わした。

――聞き耳をたててることを須磨さつきに覚《さと》られたのかもしれないな。

荒巻は屈み込んだまま、体の向きを変えた。

その直後、濡れ縁に面したガラス戸が勢いよく開けられた。久住が立っていた。鉄亜鈴《てつあれい》が投げつけられた。荒巻は頭から地面に転がった。

鉄亜鈴は、すぐ近くに落ちた。土塊《つちくれ》が飛んだ。

荒巻は立ち上がった。

そのとき、目の前に拡《ひろ》がる物があった。緑色の投網《とあみ》だった。

荒巻は網を全身に被《かぶ》せられ、身動きできなくなった。庭に横倒れに転がったとき、さつきと久住が玄関から走り出てきた。

二人は慌《あわ》ただしくスポーツカーに乗り込んだ。ハンドルを握っているのは、久住だった。

ＢＭＷのスポーツカーが急発進した。

荒巻は投網の錘《おもり》を足で除《のぞ》き、急いで起き上がった。スポーツカーは、だいぶ遠ざかっていた。

「鷲津《ワシ》、こっちに来てくれーっ。女社長とインストラクターの二人に逃げられた」

荒巻は大声で叫び、久住宅の前に飛び出した。フーガを駐めた場所は百メートル以上も離れている。

やむなく荒巻は、全力でスポーツカーを追いはじめた。走りに走ったが、みるみる引き離された。心臓が破裂しそうだ。

荒巻は諦め、乱れた呼吸を整えた。肩で息を継《つ》いでいると、鷲津が駆け寄ってきた。

「面目ない」

荒巻は相棒に詫び、経緯《いきさつ》を語った。

「鉄亜鈴はともかく、まさか投網が放たれるとは予想もできないもんな。なんかおかしいよ」

「笑いごとじゃないって。こんなことで不覚をとるなんて、死にたくなるほど恥ずかしいよ」

「それじゃ、一度、死んでみせてくれ」

「殴るぞ、この野郎！」

「荒巻《アラ》、気にすんなって。女社長は少し泳がせてやろう。その間に『リセット・ファイナンス』の鬼頭社長を揺さぶってみようや」

「女社長が苦し紛《まぎ》れに鬼頭を悪者にしたんだと思うが、一応、確認しておくか」

荒巻は言って、鷲津と一緒に歩きだした。

4

人影は疎《まば》らだった。

『リセット・ファイナンス』は、東門衛の一画にあった。雑居ビルの二階だ。

バーやレストランが軒《のき》を並べている通りだった。老舗《しにせ》の洋品店などが多いトアロードと違って、どことなく猥雑《わいざつ》な雰囲気が漂っていた。

同じ通りに、中西組の事務所がある。

持ちビルらしい建物は六階建てで、中西興産のプレートが掲《かか》げられていた。出入口付近には、監視カメラが四台も設置されていた。見る人が見れば、すぐに暴力団の組事務所とわかる。

鷲津は、雑居ビルの斜め前に停めたジープ・チェロキーの中にいた。張り込んで、すでに一時間が経《た》つ。午後二時を過ぎていた。

鷲津たち二人は張り込む前に兵庫県警組対四課に立ち寄り、中西組の組員たちの顔写真を見せてもらった。若頭の鬼頭は、いかにも凶暴そうな面構えをしていた。組員の花山正太はチンピラ風だった。

社長の鬼頭は、まだオフィスに顔を出していない。そのことは、偽電話で確認済みだった。花山は非常勤だという。

——待たせやがる。

鷲津は、無意識に貧乏揺すりをしていた。苛々《いらいら》しているときの癖だった。

煙草を喫《す》おうとしたとき、後方で張り込んでいた荒巻が近寄ってきた。鷲津は覆面パトカーのパワーウインドーを下げた。

「おれ、『リセット・ファイナンス』に行って、居合わせた社員に鬼頭がどこにいるか吐かせようか？」

荒巻が言った。

「それは得策じゃないな。どうせ社員たちは、社長の居所を正直に言うはずないよ。下手したら、鬼頭に逃《フケ》げられることになる」

「そうだろうな」

「荒巻《アラ》は、ここで張り込みを続行してくれ。おれは花山正太の家《ヤサ》に行ってみる。おれの勘だが、鬼頭は愛人宅にいるような気がするんだ」

「花山って組員に鬼頭の愛人宅の住所を吐かせるつもりなんだな？」

「そうだ。後《あと》で連絡するよ」

鷲津は言いおき、車を走らせはじめた。

山手幹線道路に出て、山本通《どおり》に向かう。十数分で、花山の自宅マンションに着いた。

鷲津はエレベーターで四階に上がり、四〇一号室のインターフォンを押した。

「誰や？」

男の声で応答があった。

「ヤマネコ宅配便です」

「届け物やな。判子が必要なんやろ?」

「サインでも結構です」

鷲津はドアの横に移った。ドア・スコープからは死角になる位置だった。

ドアが無防備に大きく開けられた。視界に花山の姿が映《えい》じた。素肌に紫色のサテン地のシャツを着ているが、ボタンは下二つしか掛けられていない。刺青《いれずみ》を見せびらかしたいのだろう。下は白いスラックスだった。

「荷物はどこや?」

「ない」

「なんやと⁉」

「とろい野郎だ」

鷲津は薄く笑って、花山の顔面に正拳《せいけん》を見舞った。花山が両腕をV字にしたまま、玄関マットの上に倒れた。仰向けだった。

鷲津は花山の金的《きんてき》を蹴り上げた。

花山が手脚を縮めて、長く唸った。室内には、花山しかいなかった。

間取りは1LDKだった。鷲津は花山の片腕を摑み、居間に引きずり込んだ。土足のままだった。大型テレビの画面には、人気の高い格闘技ゲームが映し出されていた。

「後輩の佃って奴にダンプカーを『コロニーサンライズ』の本社ビルに突っ込ませたな？」

「わしは関係ないわい」

「粘る気か。そうはさせない」

鷲津は言うなり、花山の腹部を三度蹴った。花山がのたうち回って、口から血を吐いた。蹴られたとき、うっかり舌を噛《か》んでしまったのだろう。

「まだ粘る気かい？」

「社長に頼まれたんや」

「鬼頭のことだな？」

「そ、そうや」

花山が言いながら、マガジンラックのある所まで這い進んだ。マガジンラックの中に刃物でも隠してあるのか。

鷲津は、そう思った。だが、花山が取り出したのはノーリンコ54だった。

ノーリンコ54には、いわゆる安全装置はない。撃鉄《ハンマー》をハーフコックにすることで、暴発を防ぐわけだ。花山がハンマーを起こした。

鷲津は少しも慌《あわ》てなかった。靴の踵《かかと》で花山の右腕を踏みつけ、ノーリンコ54を奪った。

マガジンキャッチを押し、銃把《じゅうは》から弾倉を引き抜く。四発装塡《そうてん》されていた。

鷲津はノーリンコ54を花山の背に落とし、マガジンを掌《てのひら》で弾ませた。

「人をシュートしたことがあるんじゃないのか？」

「護身用に持っとっただけや」

「嘘つけ！　おまえは鬼頭に命じられて、文珠惣司って男を撃ったんじゃないのかっ」

「誰やねん、その男は？」

花山が真顔《まがお》で問いかけてきた。一応、鎌をかけてみたのだが、見当外れだったようだ。

「わし、山の中で何度か試《ため》し撃ちをしたことはあるけど、人間を的《まと》にしたことは一遍《いっぺん》もないで。ほんまや」

「そのことはもういい」

「あんた、何者なんや？　東京のやくざ者なんか？」

「身許調査には協力できないな。『リセット・ファイナンス』の社長は、なんで須磨さっきの会社にダンプカーを突っ込ませたんだっ」

「それは……」

「どうして急に黙り込んだんだ？」

鷲津はベルトの下から、サイレンサー・ピストルを引き抜いた。トカレフの弾倉を長椅子の向こうに投げ捨て、マカロフＰｂのスライドを引く。

「その拳銃《チャカ》、モデルガンやろ？」

花山が震え声で確かめた。

鷲津は返事の代わりに、大型テレビの液晶画面を撃ち砕《くだ》いた。破片が四散《しさん》した。

「消音器付きなんやな」

「そうだ。そっちをここで射殺しても、マンションの居住者には気づかれないだろう」

「撃たんといてくれ。堪忍《かんにん》や」

「鬼頭は、女社長に何かで腹を立てたんだな？」

「そうや。須磨って女は、『リセット・ファイナンス』から借りた二億のうち五千万しか返さんくせに、鬼頭社長を悪者にしようとしたらしいねん」

「悪者に？」

「そうや。社長は具体的なことは教えてくれんかったけど、須磨さつきは鬼頭の兄貴を犯罪者に仕立てようとしたみたいやな。わしは、そこまでしか知らんのや」

「鬼頭は、いま灘区の自宅にいるのか？」

「兄貴はもう何カ月も本宅に戻ってないはずや」

「愛人の秋吉志帆のとこにいるんだな？」

「なんで、そないなことまで知ってるん⁉　わかったで。あんたは東京から送り込まれた殺《ヒットマン》し屋やな？」

「外れだ。志帆の家《ヤサ》はどこにある？」

「あんたは鬼頭の兄貴の命《タマ》奪《と》る気なんやろうから、言えんわ」

花山が首を横に大きく振った。

「鬼頭には直《じか》に確かめたいことがあるだけだ」

「ほんまやな？」

「ああ」

「けど、わしの口からは言えんわ。うちの社長には、ずっと面倒見てもろたんでな」

「なら、念仏を唱《とな》えろ」

鷲津はフローリングの床に片膝をつき、サイレンサー・ピストルの先端を花山の額に押し当てた。

ほとんど同時に、花山が奇声を発した。じきに股間が濡れ、白いスラックスに黄ばんだ染《し》みが拡《ひろ》がりはじめた。恐怖に耐えられなくなって、尿失禁してしまったのだ。

「もう少し修羅場《しゅらば》を潜《くぐ》らないと、中西組で幹部になれないぜ」

鷲津は揶揄《やゆ》した。

「ずっと小便を我慢しとったせいや。わし、別にビビったわけやないわい」

「負け惜《お》しみの強い奴だ。それじゃ、くたばってもらうか」

「待ってえな。兄貴の愛人《レコ》は、灘区六甲山町南六甲一〇七×番地に住んどる。六甲山ホテルの近くや。ロッジ風の一軒家で、秋吉いう表札が出とるわ」

「そうか」

「わしの名前は絶対に出さんといてな。鬼頭の兄貴は、裏切り者には容赦ないねん。だから、仕返しされとうないんや。ほんま、頼むで」

花山が両手を合わせた。

「こっちも保険をかけておきたいんだよ」

「それ、どういう意味や」

「すぐにわかるよ」

鷲津はマカロフPbをベルトの下に突っ込み、花山の顎《あご》の関節を外した。花山がもがき苦しみはじめた。

鷲津は花山の両肩の関節も外し、すぐさま四〇一号室を出た。マンションを後にして、ジープ・チェロキーを六甲山町に向ける。

鬼頭の愛人宅を探し当てたのは、およそ三十分後だった。

別荘らしい家屋が点在し、一般住宅は数えるほどしかない。緑に恵まれた地域だった。ロッジ風の造りの秋吉宅の背後には、六甲山ホテルの旧館が見える。昭和初期に建築された欧風のリゾートホテルで、なんとも趣《おもむき》がある。

本館は十年ほど前に改装され、まだ新しい感じだ。品のある造りだった。

鷲津は鬼頭の愛人宅を通り越し、数十メートル先の林の横に車を停めた。車内で一服してから、腰を浮かせる。

秋吉宅は白いフェンスで囲われていた。敷地は三百坪前後だろう。山荘風の建物は平屋だったが、割に大きい。

鷲津は建物の周りを見渡した。防犯カメラは見当たらなかった。鷲津は白い柵《さく》を跨《また》ぎ、鬼頭の愛人宅の庭に侵入した。

建物を回り込み、サンデッキに歩み寄る。

短い階段を上がって、サンデッキの上を抜き足で歩いた。白いレースのカーテン越しにサロン風の居間を覗く。

全裸に胸当てのあるエプロンを付けた二十代の女がロデオ型健康器具に打ち跨《また》がって、愉《たの》しげに揺られていた。鞍《くら》の形をした電動式の健康機器だ。女は秋吉志帆だろう。

『リセット・ファイナンス』の鬼頭社長はゆったりとしたソファに腰かけ、目を細めて揺れる女を眺めていた。

「まだ降りちゃあかんの？　志帆、パパの視線がくすぐったくなってきてん」

「ええ眺めや。いくら眺めても、飽《あ》きんわ。ゆさゆさと揺れるおっぱいもええし、捩《よじ》れる腰の動きもたまらん。わし、健康器具になりたい気分や。ほんま、若い女のボディーは美しいわ」

「パパ、もうええでしょ？」

「まだや。志帆、エプロン外してんか？」

「素っ裸で揺られろ言うん？　そんなん、いやや。恥ずかしいやん」

「なにが恥ずかしいねん？　いつもわしの上に跨《また》がって、腰をくねらせるやないか」

「それはパパがやらせてることやないの」

「どっちでもええがな。それより、早《はよ》うエプロンを取りぃや」

「パパは、ほんまにわがままやね」

志帆がヤンキー娘のように両手を拡《ひろ》げてから、しぶしぶエプロンを外した。エプロンは床に落とされた。

「そのほうがええわ。乳房がよう弾《はず》んでる。おっぱいもそうやけど、志帆はほんまにええ尻《けつ》しとるな。齧《かじ》りたくなるわ」

「パパ、こないだみたいに歯形をつけんといてよ。行きつけのエステで、さんざん冷やかされたんやから」

「もう歯は立てんようにするわ。けど、エロい眺めやな。わし、感じてきたわ」

鬼頭が下卑《げび》た笑みを浮かべた。

鷲津は窓から離れ、サンデッキを降りた。玄関先に回り込み、ピッキングを開始する。いくらも経《た》たないうちに、ドアの内錠は外れた。

鷲津は靴を履《は》いたまま、玄関ホールに上がった。足音を忍ばせながら、鬼頭たちのいる二十畳ほどの居間に急ぐ。

サロン風の居間は、廊下の奥にある。ノブをゆっくりと回し、ドアを少し開けた。

鬼頭は健康器具の近くに突っ立っていた。その足許には、素っ裸の志帆がうずくまっている。よく見ると、彼女はパトロンの分身を口に含んでいた。

鷲津はサイレンサー・ピストルを右手に握ると、ドアを強く蹴った。

鬼頭が驚きの声をあげ、反射的に腰を引いた。暗紫色《あんししょく》のペニスは反《そ》り返っている。志帆が床から胸当て付きのエプロンを拾い上げ、焦《あせ》った様子で裸身を覆った。

「二人とも、そのまま動くな」

鷲津は右手を前に突き出し、居間に足を踏み入れた。L字形に置かれたリビングソファは国産ではなさそうだ。

鬼頭が言いながら、力を失いかけている分身をスラックスの中に押し込んだ。

「誰や？」

「自己紹介は省《はぶ》かせてもらう。あんたは、鬼頭貞和だな？」

「そうや。おまえは東京者《もん》やな。関東の御三家に関わりがある人間なんか？」

「おれは筋《すじ》なんか噛んでない」

「そやったら、暴力団係刑事《マルボウ》やな？　いや、そうやないな。刑事《デコスケ》はそないな特殊なピストルは持ってないはずや。何者なんやねん！」

「そんなことより、『コロニーサンライズ』の須磨さつきにだいぶ腹を立ててるようだな？　舎弟の花山に女社長の会社にダンプカーを突っ込めと命じたなっ。花山は自分の代わりに後輩の佃って奴に犯行《ヤマ》を踏ませた。どこか違ってるか？」

「わし、あんたの正体がわからんうちは何も答えんで」

「好きにしろ。時間潰しに、ちょいと味見をさせてもらうぜ」

鷲津は志帆の手からエプロンを引き剝《は》がした。

「な、何やねん！」

「獣の姿勢をとって、ヒップを突き出してもらおうか」

「パパの前で、まさかわたしをレイプする気なんやないでしょうね？」

志帆が目を剝《む》いた。

「そのまさかだ。バックから突っ込んでやる」

「パパ、なんとかしてえな」

「心配せんでもええ。わしが、そいつの首根っこをへし折ったる！」

鬼頭が突進してきた。

鷲津は鬼頭に横蹴りを放った。鬼頭が前のめりに倒れる。鷲津は鬼頭の鼻柱を蹴りつけ、志帆に顔を向けた。

「エプロンで前を隠して、ソファにおとなしく坐ってろ」

「けど……」

「そっちをレイプする気はない。さっきの言葉は、ただの威《おど》しさ」

「そうやったの」

志帆がほっとした表情でエプロンをまとい、リビングソファに腰かけた。

「須磨さつきは『リセット・ファイナンス』から借りた二億円はチャラにしてもらったと言ってたが、どうなんだ？」

「チャラやて⁉　大嘘や。あの女は、まだ五千万ほどしか返してへんで。その後は利払いもちょくちょく滞《とどこお》らせてんねん。そやから、少しビビらせてやろう思っただけや」

「女社長は借金をチャラにしてやるから、その代わりに高利回りを餌に高齢者たちから出資金を騙し取れと命じられたと言ってる。それで、投資詐欺で集めた二十七億円をあんたの会社の銀行口座にそっくり振り込んだとも言ってたな」

「でたらめや、そないな話は」

鬼頭が怒りを露《あらわ》にして、勢いよく立ち上がった。

「投資詐欺の絵図《えず》を画《か》いたのは、あんたじゃないんだな？」

「わしやない！　須磨さつきが投資詐欺まがいのことをしてることは薄々、わしもわかってたわ。そやから、そのうち女社長から十億ほど口止め料をいただくつもりやった。けど、まだ一円もせしめてないで。それから、わしは絶対に共犯者《レツ》やないわ。投資詐欺は、あの女がひとりでやったことや」

「そうか」

「警察にわしが疑われたのは、須磨さつきが濡衣を着せようと嘘八百を並べたからなんやろ。悪い女や。そのうち殺《や》ったる！　あの女は東京で真面目に看護師やっとった言ってたけど、そないタマやないで。あいつは何か危ない橋を渡《わと》うて、『コロニーサンライズ』を設立したんや思うわ。たった四年で十二棟のケア付き老人ホームを建てられたんも、投資詐欺のおかげちゃうんか」

「そうなんだろうか」

「あの女には、誰か悪知恵の発達した参謀がおるな。わし、その二人を神戸港に沈めたるわ」

「少し頭を冷やせ」

鷲津はバックハンドで鬼頭を殴り倒し、玄関ホールに向かった。

# 第五章　悪党どもの宿命

## 1

闇《やみ》が濃くなった。

月が雲に隠れたせいだ。

荒巻は相棒に目配せして、先に須磨さつきの実家の庭に忍び込んだ。

午後十時過ぎだった。加古川市内にある住宅街はひっそりと静まり返っていた。須磨宅の窓は、どこもカーテンで塞《ふさ》がれている。

荒巻は家屋《かおく》の外壁を見上げた。

電話の引き込み線の位置はすぐにわかった。荒巻は屈《かが》み込んで、鷲津を肩車《かたぐるま》した。引き込み線にヒューズ型盗聴器を仕掛ける段取りになっていた。逃走した女社長は潜伏先から、いずれ自分の母親か実兄に連絡する可能性がある。

荒巻は足を踏んばって、ゆっくりと立ち上がった。

鷲津が手早く既設《きせつ》のヒューズボックスを取り外し、盗聴器を仕掛けた。そのすぐ後、相棒は荒巻の肩から滑り降りようとした。事前に合図はなかった。

そのため、荒巻はバランスを崩してしまった。よろけて、うっかり足許の植え木鉢《ばち》を踏みつけることになった。

鉢の割れる音は思いのほか高かった。鷲津が着地した靴音も小さくはなかった。

「鷲津《ワシ》、合図してから動けよ」

荒巻は圧《お》し殺した声で咎《とが》めた。

「悪かった！　まさか荒巻《アラ》がふらつくとは思わなかったんだ」

「急に肩から降りられたら、誰だって体のバランスを崩すさ」

「おれがいけなかったんだ。だから、素直に謝ったんじゃないか。とにかく、この家から離れよう」

「そうだな」

二人は内庭の枝折戸《しおりど》を開け、玄関先に回った。

ちょうどそのとき、玄関戸が勢いよく開けられた。現われた四十年配の男は、大型懐中電灯を手にしていた。

「あんたら、他人《ひと》ん家《ち》の庭で何してたんや？　押し込み強盗とちがうんかっ」

「それは誤解です。われわれは警察の者なんですよ」

荒巻は警察手帳を呈示した。

「刑事やから言うて、勝手なことをしてもええはずないで」

「ええ、その通りですね。先に家のどなたかに声をかけるべきでした。失礼ですが、須磨さつきさんのお兄さんですね？」

「そうや。須磨宏《ひろし》やけど、妹が何か事件に巻き込まれたんやろか？」

「さつきさんが『リセット・ファイナンス』という金融会社から運転資金を二億ほど借りてたことをご存じでしたか？」

「額までは知らんけど、借金してたことは聞いてますわ」

「その会社は、関西連合会中西組の企業舎弟なんですよ」

「そやったんですか⁉」

さつきの実兄は驚きを隠さなかった。よく見ると、目許《めもと》のあたりが妹と似ていた。

「妹さんは五千万円ほど返したんですが、その後は……」

「返済が遅れとるんやね？」

「ええ。それで取り立てが厳しくなったんで、妹さんはどこかに逃げたんですよ。ひょっとしたら、中西組の連中がこちらに押しかけてくるかもしれないと考えて、ちょっと庭先を覗《のぞ》かせてもらったわけです」

荒巻は作り話を澱《よど》みなく喋《しゃべ》った。

「そうやったんか。お二人を怪しんだりして、すんまへんでした」

「不審がられるのは当然です。とりあえず、庭には誰もいなかったんで、ひと安心しましたよ」

「ご苦労さまです。どうぞ家の中に入ってください。お茶でも差し上げますよって」

「ここで結構です。妹さん、たいしたもんですね。東京の『城南医療センター』で十年ほど看護師をされて、『コロニーサンライズ』を設立したんですから。いまや十二のケア付き老人ホームを運営されてるとか？」

「ええ、まあ。さつきは子供のころから、負けず嫌いやったから、ナースで終わりとうないとよう言うてたんです」

「四年前に開業されたときは、伊丹《いたみ》市の郊外に小さな老人ホームを持ってただけなんですよね？」

「そうです。その後、妹は銀行から融資してもろうて、年に三軒のペースで老人ホームを建てたんですわ。ローンの返済で、自分の給料が十万以下になったことも何回かあった言うてましたね。けど、さつきは楽天家やから、なんとかなる思うて、頑張ってきたんやろう」

須磨宏は幾分、得意げだった。

「最初の老人ホームの土地購入代や建築費を併《あわ》せたら、二億円以上のお金が必要だったと思うんですが、よくそれだけの資金が用意できましたね」

「妹は、勤務先の院長先生に目をかけられてたんです。そやから、四年前に退職するときに少しまとまった退職金を貰《もろ》うたんや思います」

「そうだとしても、数億円の退職金を貰えるとは思えないな。失礼なことを言いますが、あなたの妹さんは院長の愛人だったんですか？」

「それはない思いますわ。院長の植草誠一《うえくさせいいち》先生は愛妻家いうことやったし、ひとり息子のよき父親だったそうやからね」

「そういうことなら、院長が看護師に手をつけるなんてことは考えられないいな」

「そうやね。さつきは身内には内緒で、誰かパトロンの世話になっとったのかもしれんね。それで、億単位の手切れ金を……」

「そうなんだろうか。『城南医療センター』の院長や医療スタッフに会えば、そのあたりのことがわかるかもしれませんね」

「妹が勤めとった病院は三年五カ月前に廃院になって、勤務医や看護師は散り散りになったそうですわ」

「廃院になった理由は何なんです？」

荒巻は早口で訊《き》いた。

「さつきの話やと、植草院長は末期の肝臓癌《がん》の夫人を看取《みと》ったおよそ一年後に重度のうつ病に罹《かか》って鉄道自殺されたらしいんですわ。息子さんは大学病院の勤務医だったそうなんやけど、去年の二月に凍死してしまったというんや」

「凍死？」

「ええ。院長の息子の智彦《ともひこ》さんは医大時代の友人と北海道旅行中に投宿先から消え、翌朝、雪原の中で下着姿で死んでたという話やったな。胃から精神安定剤と睡眠導入剤が検出されたそうやから、阿寒湖《あかんこ》のそばで人生に終止符《ピリオド》を打ったんちゃいますか？」

「遺書はあったんだろうか」

「それはなかったそうですわ。院長先生の息子さんは父親の病院が潰《つぶ》れたんで、前途《ぜんと》を悲観したんやないかな。大学病院で腕を磨いたら、行く行くは『城南医療センター』の二代目院長になる気やったんでしょうから。勤務医だと、五十代になっても年収二千万円も稼げんと言われてますやん。そやけど、総合病院の院長になれば、年に数億円の収入は得られるみたいやし、院長先生の息子さんは勤務医で質素に暮らすことに耐えられなくなったんやないかな？　甘やかされて育った坊ちゃんは、どこかひ弱やからね」

さつきの兄が言った。

荒巻は同調できなかったが、あえて反論はしなかった。勘繰《かんぐ》られたくなかったからだ。

「あんたの妹が兵庫県警捜査二課に投資詐欺《さぎ》の件でマークされてるのは知ってるのかな？」

鷲津が横柄な口調で、須磨宏に話しかけた。さつきの兄が露骨に顔をしかめた。

「相棒は口の利き方を知らない男なんです。敬語を使うことはめったにないんですよ。しかし、別段、偉ぶってるわけではありませんから、どうか気を悪くしないでください」

荒巻は執《と》り成《な》した。

「世の中には、いろんな人間がおるからね」

「こっちの質問に答えてほしいな」

鷲津が促《うなが》した。

「そのことは妹から電話で聞いたわ。けど、さつきは妙な疑いを持たれて心外やと言うとった。全国の投資家から事業資金を集めたけど、出資法には引っかからないよう事前に法律家に相談したそうや。それから、出資者に配当金が渡らなかったんは単に事務上のミスやとも言うとったな。そやから、投資詐欺にはならんはずやと……」

「たいがいの犯罪者は親兄弟の前では善人ぶるもんなんだよな」

「なんや、おたくは喧嘩《けんか》売る気なんかっ。さつきを罪人《ざいにん》扱いすな。妹が投資詐欺を働いたいう証拠でもあるんか？」

「一般論を言っただけさ」

「無礼な奴やな、ほんまに」

「須磨さんが不快になられるのも無理はないと思います」

荒巻は女社長の兄に言って、相棒を黙らせた。

「ほんまに不愉快や」

「あなたがおっしゃるように、妹さんは投資詐欺なんかしてないんでしょう。しかし、そうだとすると、ちょっと腑《ふ》に落ちないことがあるんですよね」

「それはどないなことなんです？」

「さつきさんは約二十七億円の運転資金を投資家から集めたはずなのに、『リセット・ファイナンス』から借りた二億円のうち五千万ほどしか返済してない。相手は暴力団の企業舎弟です。返済を遅らせれば、べらぼうな金利が嵩《かさ》んで、いたずらに負債額が膨《ふく》らむことになります」

「そうやね」

「出資者たちから預かった二十七億円の一部を流用して、一日も早く『リセット・ファイナンス』の債務を外したいと考えるもんでしょう？　別に事業家じゃなくても、そう思うんじゃないですか？」

「多分、妹は更に老人ホームを増やす計画なんやないかな？」

「預かった金は、そっくりそちらに回すつもりなんじゃないかとおっしゃるんですね？」

「そうにちがいありませんわ。それやから、『リセット・ファイナンス』の返済を遅らせてるんやろう」

「そうなんですかね」

「ケア付きながら、さつきは入居者から七百万の一時金を払《はろ》うてもらって、月々、二十万しか取ってへん。会社の社員数も二百五十人を超《こ》えた言うとったから、人件費や施設の維持費がえろうかかるんやろ。メガバンクや地方銀行にも負債があるみたいやから、つい『リセット・ファイナンス』の返済が遅れがちになったんやないやろか」

　さつきの兄が言った。

「だとしたら、妹さんは度胸があるな。普通の女性だったら、暴力団直営の金融会社から借りた金はなるべく早くきれいにしたいと考えますからね」

「事業をやってる女は胆《きも》が据《す》わってるんやないですか？　そやから、『リセット・ファイナンス』から運転資金を借りたんでしょ。けど、極道が牙《きば》を剝《む》いたら、そりゃ、逃げるんやないかな？　強がってても、所詮《しょせん》は女やからね。体を穢《けが》されたり、顔面を傷つけられたくないんちゃう？」

「こんなことを言うと、あなたに怒鳴られそうだが、こんな臆測《おくそく》もできると思うんですよ。妹さんの投資勧誘には、法律に触《ふ》れる部分があった。そのことを指摘されて、さつきさんは誰かに多額の口止め料を払った。だから、『リセット・ファイナンス』の負債をきれいにする余裕がなくなった」

「おたくは紳士的な刑事やと思ったが、連れと一緒やな。根拠もないのに、妹を投資詐欺犯扱いしおって」

「あくまでも臆測による仮説です。しかし、そう考えると、集めた出資金を流用しなかった説明がつくんですよね」

「わし、怒るで。妹は勝ち気な野心家やけど、善悪の区別はできる女や。何か危ない方法で事業資金を集めて、脅迫者に強請《ゆす》られてたなんてことは百パーセント、あり得んわ」

「そうですかね」

荒巻は首を捻《ひね》った。須磨宏の目が尖《とが》った。

相棒の鷲津が空咳《からぜき》をした。それ以上、手のうちを見せるなというサインだろう。

「気分を害されたかもしれませんが、勘弁してください。あらゆることを疑ってみるのが、われわれの仕事なんでね」

「ここには、もう来《こ》んといてな」

さつきの兄が引き攣《つ》った顔で言い、そそくさと家の中に引っ込んだ。荒巻は鷲津と苦笑し合って、女社長の実家を出た。

二台の覆面パトカーは少し離れた場所に駐《と》めてあった。

「『城南医療センター』が廃院に追い込まれたのは、植草という院長が心の安定を失って自殺したからじゃないと思うな」

鷲津が歩きながら、ぼそっと呟《つぶや》いた。

「どういうことなんだ？」

「須磨さつきが勤務先の病院を廃業に追い込んだのかもしれない。植草院長の息子が何歳だったのかわからないが、父親が重いうつ病に罹《かか》ったとき、大学病院で勤務医として働いてたわけだろ？」

「女社長の兄貴は、そう言ってたな」

「ひとり息子がまだ研修医ならともかく、一人前の勤務医なら、『城南医療センター』の二代目院長になってもいいわけだよな？」

「ああ、そうだな。しかし、息子は父親の医院を継《つ》がなかった」

「おそらく継げなかったんだろうな」

「病院は何年も赤字経営だった？」

「院長の息子もドクターだったんだ。経営不振という理由だけでは廃業しないさ。ほかに何か医業をつづけられない決定的な理由があったんだろう」

「たとえば、どんなことが考えられる？」

　荒巻は問いかけた。

「おれの頭に真っ先に浮かんだのは、医療事故だ。厚生労働省の発表によると、毎年およそ三千件の手術ミスや投薬ミスが起こってる。広く知られた公立病院や大学病院でも、過去十年間に医療事故を起こさなかった例は少ないんだよ。個人病院は全国的に事故件数が多いんだ」

「開腹手術後にガーゼや手術用鋏《はさみ》を抜き取り忘れたなんてニュースがよく報道されてるよな？」

「その程度のミスなら、まだ救いがある。しかし、腹腔《ふくくう》鏡手術を未熟な若いドクターに任せて、患者を死亡させたケースもある。手術中に人工心肺《しんぱい》装置のコネクターが外れてしまったり、麻酔量を間違えて死亡事故を招いたりもしてるんだ」

「投薬ミスや点滴《てんてき》時間の確認を怠《おこた》って、患者が死んだ例もあったな。投与相手を間違えて抗癌剤や降圧剤を大量投与し、入院患者を植物状態にさせたケースもあった」

「そうだな。植草院長は致命的な手術ミスをしたのかもしれない。そのことが表沙汰《おもてざた》になったら、医師の資格を失うことになる。院長は患者の家族にもっともらしい言い訳をして、病院スタッフ全員に箝口令《かんこうれい》を敷いた。当然、働いてる医師や看護師たちに金品を渡したんだろう。しかし、スタッフの中には欲の深い人間がいた」

「鷲津《ワシ》、読めたよ。そいつは、須磨さつきだったんじゃないかってことだな？」

「その通りだ。さつきは植草院長の医療ミスを表沙汰にすると脅《おど》し、『コロニーサンライズ』の事業資金をせしめた。そう推測すれば、元看護師が福祉ビジネスに乗り出せた理由もわかるじゃないか」

「ああ」

「院長の息子は父親が『城南医療センター』を閉めて鉄道自殺したことに何か裏があると考え、独自に散り散りになった医療スタッフたちに会ってみた。それで、須磨さつきが父親の致命的な弱みをちらつかせて、巨額の口止め料を脅し取ってたんではないかと疑いを持った」

「それを察知した女社長は第三者を使って、院長の倅《せがれ》の植草智彦を北海道で凍死に見せかけて始末させた？」

「その疑いはあるな。さつきの悪事に気づいた元同僚のドクターか、ナースが彼女に巨額の口止め料を要求したとも考えられる。過去の犯罪が暴《あば》かれたら、女社長は四年間で築き上げたものを何もかも失い、刑に服さなければならない」

「鷲津《ワシ》、冴《さ》えてるじゃないか。そっちの推測は、おおむね正しいと思うよ。須磨さつきは破滅することを回避《かいひ》したくて、高齢者たちの虎の子を騙《だま》し取ることを思いついたんだろう。そして、約二十七億円の出資金を集めた。だが、その金の大半は謎の脅迫者に吸い取られてしまった。だから、『リセット・ファイナンス』の債務をなかなか消すことができなかったんだろうな」

「まだ推測の域を出てないが、そういうストーリーは組み立てられる。それだから、女社長は殺し屋《プロ》に投資詐欺のことを調べてた文珠惣司と道岡斉をノーリンコ54で射殺させた疑いがあるわけだ」

「おそらく、そうなんだろう。そっちの推測にケチをつける気はないが、正体不明の脅迫者が須磨さつきに悪知恵を授《さず》けて、投資詐欺をやらせたんじゃないのかな？」

「それも考えられるね」

　鷲津が即答した。

「そうだったとしたら、謎の脅迫者は赦《ゆる》しがたい冷血漢だな。老後の不安を抱えてるお年寄りの虎の子を無情に須磨さつきに騙し取らせたわけだからさ」

「そいつが何者であっても、おれたちがきっちり裁《さば》こう」

「異存はないよ。田代さんに電話して、『城南医療センター』の元医療スタッフのことを別働隊に調べてもらおう。もちろん、阿寒湖の近くで怪死した植草智彦の調書も道警から密《ひそ》かに取り寄せてもらうよ」

「ああ、そうしてくれ。おれは覆面《メン》パトの中で受信機のレシーバーを耳に当て、さつきの実家にかかってくる電話の音声を一語も聴《き》き洩《も》らさないようにする」

「頼むぜ」

　荒巻は先にフーガの運転席に入り、懐《ふところ》から携帯電話を取り出した。

　田代警視総監の短縮電話番号は1だった。荒巻は数字キーを一度だけ押し、携帯電話を右耳に当てた。

マイクロテープは停止したままだ。

耳がむず痒《がゆ》くなった。

2

鷲津は自動録音付き受信機のレシーバーを外した。四輪駆動車の運転席に坐っていた。間もなく、午前零時になる。こんな時刻に女社長が実家に電話をかけるとは考えにくい。須磨さつきは、夜更けにこっそりと実家を訪ねるつもりなのか。

鷲津は静かにジープ・チェロキーから出た。

フーガは五、六メートル離れた場所に停まっている。車内に目をやると、相棒はヘッドレストに頭を預けていた。仮眠をとっているようだ。

鷲津は荒巻の車の横を抜け、須磨宅のある通りに出た。人っ子ひとりいなかった。鷲津は四つ角の暗がりにたたずんだ。

十分ほど経《た》ったころ、前方から大型乗用車が走ってきた。黒塗りのキャデラック・セビルだった。アメリカ製の大型車は、さつきの実家の前に横づけされた。

車内から柄の悪い男たちが降りた。三人だった。中西組の組員と思われる。

三人組のひとりが須磨宅のインターフォンを長く鳴らした。だが、応答はなかった。

「こら、早《はよ》う出て来《こ》んかい！」

別の者が門扉《もんぴ》を揺さぶり、怒声を張り上げた。すると、ようやく女社長の実兄の声がスピーカーから洩《も》れてきた。

「どちらさんでっか？」

「『リセット・ファイナンス』の者や」

インターフォンの前に立った男が告げた。

「ご用件は？」

「おのれ、誰や？」

「さつきの兄やけど」

「妹、実家におるんやろ？　さつきに用があるんや」

「さつきは、ここにはおらんで」

「嘘つくんやないわい。家捜《やさが》しするで」

「ほんまに来とらんのや。妹が借りてる金のことでんな？　そのうち必ず返す思うさかい、もう少し待っとってや」

「きょうは取り立てやない。おのれの妹は、うちの鬼頭社長を陥《おとしい》れようとしたんや。そやから、締めに来たんや」

「さつきが『リセット・ファイナンス』の社長を陥れようとしたとは、どういうことなんやろ？」

「おのれの妹はな、投資詐欺はうちの社長に強要されたと言うとるらしいんや」

「さつきが投資詐欺をした言うんですか⁉」

「とぼけんやないわ。元看護師が四年やそこらで、ケア付き老人ホームを十二も運営できるはずないやんけ。なんぞ危《ヤバ》いことしたにちがいないわ」

「妹が犯罪に手を染めるはずない思うけどな」

「インターフォン越しやと、話がよう通じんな。とにかく、家から出て来いや！」

男が吼《ほ》えた。

スピーカーでの遣《や》り取《と》りが熄《や》んだ。ポーチの照明が灯《とも》り、パジャマ姿の須磨宏が門扉《もんぴ》の向こう側に立った。緊張した面持《おもも》ちだ。

「ほんまに、さつきは実家にはおらんのか？」

「疑うんやったら、家の中に入ってもらってもええで」

「そこまで言うんやったら、嘘やないんやろ。おのれの妹は、会社にも自宅にもおらんのや。どこに隠れとるか知ってるんやないけ？」

「わかりませんわ。さつきから何も連絡がないんでね」

「けど、居所の見当はつくやろうが！　つき合《お》うてる男がおったんやろ？」

「男関係は、さっぱりわからんのや。さつきは、そういうことを身内にいちいち話すタイプやないんでな」

「仲良うしてた女友達は何人かおったんやないんか？」

「おったかもしれんけど、具体的なことは知らんねん」

「おのれ、妹を庇ってるんやなっ」

男が言いざま、さつきの兄の顔面に右フックを浴びせた。

まともにパンチを喰《くら》った須磨宏は体をふらつかせた。相手を睨《にら》みつけたが、何も言わなかった。

「なんやねん、その目は！　言いたいことがあるんやったら、言うてみぃ。おのれの妹は借金の返済をようせんのに、うちの社長に濡衣を着せようとしたんやで。どっちが悪いんか、よう考えてみい。このどあほうが！」

「妹をどうするつもりなんや？」

「取っ捕まえたら、気ぃ失うまで痛めつけたるわ。その後のことは、社長が決めるやろ」

「最悪の場合は……」

「鬼頭の兄貴は本気で腹立ててる。そやから、多分、おのれの妹を生かしちゃおかんやろな」

「そ、そないな」

「妹を死なせとうないんやったら、わしらに協力するんやな。さつきが兄貴にそれ相当の詫《わ》び料を払えば、殺《や》られずに済むかもしれんわ」

男が言った。

「一億とか二億の詫び料を用意せんかったら、妹のさつきは殺されるかもしれんのやね？」

「詫び料がいくらになるかはわからんけど、さつきが誠意を見せれば、うちの社長も勘弁してくれる思うわ」

「………」

「おのれ、聞いとるんかっ」

「聞いとるけど、どう返事したらええのかわからんのや」

さつきの兄が下を向いた。

そのとき、七十年配の女性が玄関から姿を見せた。須磨兄妹《きょうだい》の母親だろう。

「あんたら、中西組の極道やな。いつまでも去《い》んつもりやったら、一一〇番するで！」

「女社長のおかんやな?」

「そうや。宏が言うたように、さつきはここにはおらんし、電話連絡もないわ。ごちゃごちゃ言うてると、ほんまにパトカー呼ぶで。それでも、ええんか?」

「警察呼んだら、おのれの娘が困ることになるで」

「わかったわ。いま、一一〇番通報したる」

さつきの母親が気丈《きじょう》に言い、急いで家の中に戻った。息子が慌《あわ》てて玄関に駆け込んだ。

三人組が何か言い交わし、あたふたとキャデラック・セビルに乗り込んだ。大型米国車は、ほどなく闇に呑《の》まれた。

——鬼頭の手下たちよりも早く須磨さつきを見つけ出さないとな。

鷲津は脇道に戻った。

少し進むと、ジープ・チェロキーの車内を覗《のぞ》き込んでる男がいた。目を凝《こ》らす。

なんとスポーツインストラクターの久住昌宗だった。どこか近くに須磨さつきもいるのか。

鷲津はダッシュした。

久住が鷲津に気づき、一目散《いちもくさん》に逃げはじめた。鷲津は全速力で追った。

次第に距離が縮まっていく。鷲津はさらにスピードを上げ、久住に飛び蹴りを見舞った。久住が両腕で空《くう》を掻《か》きながら、前のめりに倒れた。その瞬間、呻《うめ》いた。

鷲津は走り寄って、久住の脇腹を蹴った。久住が動物じみた唸《うな》り声を発しながら、手脚《てあし》を縮める。

鷲津はしゃがみ込み、手早く久住の体を探《さぐ》った。物騒《ぶっそう》な物は何も所持していなかった。

フーガから、荒巻が飛び出してきた。

「倒れてるのは、久住だよな？」

「そうだ。おれの車の中を覗き込んでたんだよ。この近くに女社長がいるのかもしれない」

鷲津は相棒に言って、久住を摑《つか》み起こした。インストラクターは、まだ呻いていた。

「さつきは、どこに隠れてるんだ？」

「彼女はおらんよ。わしひとりで、須磨さんの実家の様子を見に来たんや」

「女社長に頼まれたんだな？」

「そうや。実家の近くで『リセット・ファイナンス』の奴らや東京の刑事たちが張り込んでるかもしれんから、ちょっと見て来てくれへんかと頼まれたんや」

「さつきは、どこにいるんだ？」

「それは言えんわ。彼女を裏切ったら、わし、自分のスポーツクラブを持てんようになってまうからな。早《はよ》う独立したいんや」

「男だったら、自分の力で独立してみろ。年上の女に開業資金を出してもらおうなんて卑《いや》しい考えだ」

「そういうけど、安月給やから、いつまで経《た》っても金なんか溜まらんのや」

「だからって、好きでもない女に媚《こ》びるなんて最低だな」

「おたくは少し時代遅れやね。貧しい男がリッチな女に甘えても、別に恥ずかしいことはない思うわ」

「さつきの潜伏先は？」

「悪いけど、協力できんわ」

久住が言った。鷲津は無言で久住の足を払った。久住が横倒れに転がった。

鷲津は屈《かが》み込み、二本貫手《ぬきて》で久住の両眼を突いた。上瞼《うわまぶた》のあたりだ。

久住が転げ回りはじめた。

鷲津が立ち上がって、久住を蹴りまくった。場所は選ばなかった。急所も容赦なく蹴った。

「鷲津《ワシ》、そのくらいにしておけよ」

荒巻が諫《いさ》め、久住のかたわらに片膝を落とした。

「警察の人間がこんな荒っぽいことをするなんて、世も末や」

「おれたちは特殊な刑事なんだよ。わかりやすく言うと、超法規捜査官なんだ」

「嘘や？　そんな刑事が実在するわけないやんか。日本は法治国家なんやぞ」

「何事にも例外があるんだよ。須磨さつきの潜伏先を教えてくれ。おれたちに協力してくれたら、そっちの公務執行妨害罪には目をつぶってやる」

「須磨さんは大事な金蔓《かねづる》なんや。教えられんわ」

久住が答えた。

「手ぬるいな」

鷲津は荒巻に言って、久住の腹部に両足で飛び乗った。荒巻が肩を竦《すく》めた。

久住が体を二つに折って、長く唸《うな》った。鷲津は久住の顎《あご》の関節を外し、ロングピースに火を点《つ》けた。久住が喉《のど》の奥で呻きながら、体を左右に振りつづけている。

「ちょっとやり過ぎなんじゃないのか？」

荒巻が口を開いた。

「このぐらいやらなきゃ、口を割らないよ」

「そうなんだろうが……」

「おれに任せろって」

鷲津は煙草を半分ほど喫《す》うと、久住を仰向《あおむ》けにさせた。久住の顔に怯《おび》えの色がさした。

「そっちの口を灰皿代わりに使わせてもらうか」

鷲津は久住の口許に煙草の火を近づけた。

久住が顔を左右に振って、目顔《めがお》で許しを乞《こ》うた。鷲津は火の点いたロングピースを指で弾《はじ》き飛ばし、久住の顎の関節を元の位置に戻した。

久住が肺に溜まっていた空気をどっと吐き出した。

「女社長は神戸市内にいるのか？」

「いや、大阪におるわ。西区北堀江《きたほりえ》一丁目に起業家仲間の女性が住んでんねん。別所春乃《べっしょはるの》いう名で、カタログ通販会社のオーナーや。三十六、七や思うわ」

「そこに案内してもらおうか」

鷲津は久住を立ち上がらせ、素早く後ろ手錠を掛け、四輪駆動車の助手席に坐らせた。ドアを閉めたとき、相棒の荒巻が驚きの声をあげた。予測外の展開になったのだろう。

「荒巻、どうした？」

「前方から来る黒いクラウンには、新大阪テレビの社旗が付いてる。ひょっとしたら、三上さんが乗ってるのかもしれない」

「そうだとしたら、うまくとぼけてくれ」

鷲津は言った。

クラウンが停まった。後部座席から降り立ったのは、やはり由里菜だった。鷲津たちは隠れる余裕もなかった。

「あなたたちとこんな場所で会えるなんて思ってもみなかったわ」

美人報道記者が言って、荒巻に笑顔を向けた。

「取材だね？」

「ええ、そう。兵庫県警捜二が明朝、あっ、もう日付が変わったのね。今朝《けさ》、『コロニーサンライズ』の須磨さつき社長を詐欺容疑で逮捕するみたいなのよ」

「例の投資詐欺の件で検挙《アゲ》られるんだね？」

荒巻が確かめた。

「ええ、そう。捜査二課は被害者たちの振込依頼書の控えから、投資の事実を裏付けたらしいの。当然、きょう中に『コロニーサンライズ』の預金通帳も押収されるはずよ。先輩記者の話によると、須磨社長はまず出資法違反で身柄を押さえられて、詐欺罪でも起訴されることになるだろうって」

「女社長は警察の動きを察知して、行方をくらましたんだね？」

「そうなのよ。会社や自宅マンションにはいなかったの。わたしは被疑者が本格的な逃亡をする前に実家に立ち寄るかもしれないと予測して、張り込んでみる気になったのよ。あなた方は？」

「文珠惣司が射殺される前に三宮駅の近くの居酒屋で偶然に隣り合わせになったという客を見つけたんで、これから詳しい話を訊こうと思ってたんだよ」

鷲津は、とっさに思いついた嘘を口にした。

「チェロキーの助手席に坐ってる彼がそうなのね？」

「ああ」

「聞き込みのとき、わたしも同席させてもらえないかしら？　もちろん、職務の邪魔はしないわ」

「荒巻《アラ》が夢中になってる報道記者でも、そういうことはできないな。その代わり、荒巻《アラ》はここに残していくよ。雑談してるうちに、何か得られるんじゃないか」

「ちょい不良《ワル》は話がわかるのね。ほんの少しだけ好感度がアップしたわ」

由里菜が笑顔で言った。荒巻が慌《あわ》てた様子で鷲津の上着の裾《すそ》を引っ張った。

二人は由里菜から六、七メートル離れた場所に移動した。

「鷲津《ワシ》、どういうつもりなんだ？　三上さんに特捜指令の内容を覚《さと》られるのは、まずいだろうが？」

荒巻が小声で言った。

「ああ、それはな。しかし、いいチャンスじゃないか」

「え？」

「鈍《にぶ》いな。彼女に情報を流すと見せかけて、逆に荒巻《アラ》が先方から手がかりを引き出せってことさ」

「そんな汚いことは……」

「何を言ってやがる。美人記者だって、ちゃっかりおれたちから情報《ネタ》を引き出す気でいるんだぜ。こっちが遠慮することはないさ」

「しかし、おれたちは恋仲になりかけてるんだ。公務のことで、三上さんを利用したくないな」

「優等生ぶるなって。何も彼女を出し抜いて、おれたちがスクープを狙《ねら》ってるわけじゃないだろうが。彼女の手柄を横奪《ど》りするんじゃないから、迷惑はかけないはずだ」

「それはそうなんだけどさ」

「今夜は別々に泊まろう。荒巻《アラ》は美人記者をホテルに誘って、いろいろ手がかりを引き出してくれ。肌を重ねりゃ、彼女の口も軽くなるだろうさ」

「おれは、鷲津《ワシ》とは違うんだ。不純な動機で、三上さんを口説《くど》くなんてことはできない」

「それはともかく、そっちはここに残ってくれ。おれは女社長の潜伏先に行く」

鷲津は言いおいて、自分の覆面パトカーの運転席に入った。すると、久住が話しかけた。

「わしのＢＭＷ、一本裏の通りに駐《と》めてあるんや。誰かに盗まれとうないから、大阪まで運転させてんか。頼むわ、逃げたりせんて。おたくがわしの車を運転すればええやん」

「野郎同士でスポーツカーに乗ってたら、ゲイと思われる」

「そうやないねんやから、別に人の目なんか気にせんでもええやん」

「おれは気の弱い人間だから、どうしても人目が気になっちゃうんだよ」

「どこが気ぃ弱いねん？」

「もう諦《あきら》めろ」

鷲津は言って、覆面パトカーを走らせはじめた。久住が吐息《といき》をついた。

国道四十三号線をひたすら東へ向かう。西宮市に入ると、久住が低く呟いた。

「わしの夢は、ぐっと遠のいてしもたな。須磨さんを裏切ったんやから、もうスポーツクラブの開業資金は出してもらえんやろ」

「諦めの悪い野郎だ。ＢＭＷのスポーツカーを買ってもらっただけでも、儲《もう》けもんだろうが」

「そうでもないわ。わし、男のプライドを捨てて、さんざん彼女に尽《つ》くしたんやから」

「足の指でもしゃぶらされたか？」

「もっと屈辱的なことをさせられたんや」

「ヒモ男の宿命だな」

鷲津は取り合わなかった。久住が長嘆息《ちようたんそく》し、口を閉ざした。

数分後、久住の懐で携帯電話が鳴った。鷲津は片手をハンドルから離し、携帯電話を摑み出した。ディスプレイには、さつきと表示されていた。女社長だろう。

「女社長の実家には、誰も張り込んでなかったと言うんだ。いいな！」

鷲津は通話キーを押し込み、携帯電話を久住の耳に宛《あて》がった。

「いま、大阪に向かってるとこやねん。西宮のあたりやね。ああ、実家の前には誰もおらんかったで」

「…………」

「ほんまや。声がいつもと違うようやって？」

「…………」

「それは考え過ぎや。わし、ひとりだけや。ほんまにほんまやて」

久住が一拍置いて、耳馴《な》れない外国語を口走った。英語やドイツ語ではない。フランス語やイタリア語でもなかった。スペイン語の響きに似ていた。

鷲津は終了キーを押し込み、久住の顔面を手の甲で叩《たた》いた。

「いまのは何語だ？」

「エスペラント語や。須磨さんに『心から愛してるで』と言ったんや」

「そいつは嘘だな。そっちはエスペラント語で、女社長に逃げろと言ったんだろうが！」

「そうやないって」

「ふざけたことをしやがって」

「考え過ぎやて」

久住がにやついた。鷲津はコールバックしてみた。しかし、さっきの携帯電話の電源は切られていた。

「おまえの携帯、しばらく預かる」

鷲津は久住の携帯電話を上着のポケットに入れ、ハンドルを両手で握った。アクセルを踏み込み、前走の車を次々に抜き去った。

やがて、車は大阪市西区北堀江に入った。

別所春乃の自宅は、堀江公園の裏手にあった。雑居ビルとマンションに挟《はさ》まれた古びた一戸建て住宅だった。

鷲津は先に車を降り、久住を助手席から引きずり下ろした。

別所宅のインターフォンを鳴らす。応答はなかった。しかし、家の電灯は点いている。

数分待つと、厚化粧の女が玄関ドアを開けた。三十六、七歳だった。

「警察の者だが、須磨さつきを匿《かくま》ってるな？」

「なんかの間違いやないの？」

「あんた、別所春乃って名だな？『コロニーサンライズ』の女社長と親しいはずだ」

「須磨さんのことはよう知っとるけど、ここしばらく会ってませんねん」

「女社長のツバメがもう自白《ウタ》ってるんだよ」

鷲津は言って、久住の頭を軽く叩いた。

「そちらさんは、どなたなん？　うちの知らん男性《ひと》やけど」

「あくまで白を切る気なら、あんたも手錠《ワッパ》打たれることになるぞ」

「なんでやのん⁉」

「さつきは時間の問題で、投資詐欺容疑で逮捕される。あんたは犯人隠匿《いんとく》罪に問われるからさ」

「そんなん、かなわんわ。うちは須磨さんが中西組の極道たちに追われてる言うとったから、善意で匿ってやっただけや」

「そんな弁解は通用しない。とばっちりで逮捕されたくなかったら、正直になるんだな」

「彼女は十数分前に誰かに電話すると、慌《あわ》てて出てったわ。なんやわからんけど、身に危険が迫った言うてた」

「どこに行くと言ってた?」

「東北に逃げる言うてたな。彼女の会社は盛岡《もりおか》郊外にもケア付き老人ホームを持ってるはずやから、岩手には土地鑑《かん》があるんやないのん? あら、うち、土地鑑なんて警察用語を使《つこ》うてもうたな。テレビの刑事ドラマ、よう観《み》てるんですよ」

別所春乃が言って、おもねるように笑った。そのとたん、下品な顔つきになった。

「須磨さつきは通話中に急に落ち着きを失ったんだな?」

「そうやったね。うち、捜査に協力したんやから、別に罰《ばっ》せられんでしょ?」

「ああ」

鷲津は春乃に言い、久住を暗がりに連れ込んだ。

「わし、須磨さんにほかされたくなかったんや。スポンサーやからね」

「エスペラント語で、女社長になんと言ったんだ?」

「捜査の手が迫っとるさかい、逃げたほうがええと……」

久住が聞き取りにくい声で答えた。

鷲津は久住の肝臓のあたりに強烈なボディーブロウを叩き込んだ。久住が前屈《まえかが》みになって、ゆっくりと頽《くずお》れた。

鷲津は久住の背後に回り込み、手錠を外した。久住を放置し、覆面パトカーに乗り込む。

今夜の塒《ねぐら》を決めなければならない。鷲津は車をスタートさせた。

3

いつになくコーヒーが苦い。

ブラックだったが、挽《ひ》いた豆の量は普段通りだった。須磨さつきの潜伏先を割り出せないからか。

荒巻はマグカップを卓上に置いた。六本木のアジトの応接間である。

関西から東京に舞い戻ったのは、きのうの夕方だった。荒巻は相棒と前日の正午過ぎに大阪の梅田《うめだ》で落ち合い、帰京したのである。

きのうの午前中まで、三上由里菜と一緒だった。といっても、ホテルで甘い一刻《ひととき》を過ごしたわけではない。荒巻たち二人は須磨宅の近くで夜通し張り込み、朝昼食を兼ねた食事をし、喫茶店に入った。

由里菜は遠慮がちながらも、探《さぐ》りを入れてきた。だが、荒巻は肝心なことは必ずぼかした。由里菜のほうは無防備に取材内容を語った。

一つだけ気になる情報があった。須磨さつきと思われる女が一年数カ月前から、京都市内で四十年配の男と幾度《いくど》か会っていたらしい。しかし、相手の正体はわからないという話だった。

――その男が投資詐欺の共犯者なのかもしれない。いや、そいつが主犯とも考えられるな。そうだとしたら、さつきは何か弱みを握られて、悪事の片棒を担《かつ》がされたんだろう。

荒巻はコーヒーテーブルから捜査資料を摑み上げた。

田代警視総監が別働隊のメンバーに集めさせた資料である。『城南医療センター』に関するデータだった。

すでに荒巻は一度、目を通していた。

「また読むのか？」

斜め前のソファに坐った鷲津が声をかけてきた。サングラスをかけている。ダンディーな相棒は、疲労の色を見られたくないのだろう。

「女社長は看護師時代に何かやってると思うんだが、それが何だったのか読めないんだよ」

荒巻は言って、ふたたび捜査資料の文字を目で追いはじめた。

三年五カ月前に廃院になった『城南医療センター』は、大田区大森三丁目にあった。病院は四階建てで、内科、外科、整形外科が設けられていた。

廃業直前まで植草誠一院長を含めて、医師は十人いた。看護師は二十人で、衛生検査技師とレントゲン技師がそれぞれ二人ずつ働いていた。

個人経営の総合病院としては、中規模だろう。しかし、土地や建物に抵当権は設定されていなかった。つまり、金融機関から借り入れはしていなかったわけだ。病院と同じ敷地内にある院長の自宅も担保物件にはなっていなかった。

院長夫人の房江《ふさえ》は六十一歳で病死している。五年近く前のことだ。愛妻家だった植草誠一院長は塞《ふさ》ぎがちになり、およそ一年後に鉄道自殺をしている。須磨さつきが依願退職してから、半年後の出来事である。

院長夫妻のひとり息子の智彦は出身医大の附属病院の内科医だったのだが、去年の二月に北海道で凍死してしまった。享年三十二だった。

捜査資料には、北海道警から取り寄せられた死体検案書が添付《てんぷ》されていた。行政解剖の結果、他殺の可能性はないと記《しる》してあった。

――植草智彦の胃から精神安定剤と睡眠導入剤が検出されたことは間違いないんだろうが、遺書がないのは不自然だな。それから、同行者たちの証言によると、院長の息子に変わった様子はなかったという。やっぱり、他殺臭《くさ》いな。元看護師のさつきなら、精神安定剤や睡眠導入剤をたやすく入手できるだろう。なんらかの方法で両方の薬を服《の》ませ、院長の倅《せがれ》を雪原に置き去りにして凍死させたんじゃないのか。

荒巻は脚《あし》を組み、捜査資料を読みつづけた。

元医療スタッフの新しい職場や自宅の住所も列記されていた。別働隊の者が九人の医師、二十人の看護師、衛生検査技師、レントゲン技師各二名、元事務職四人のすべてに会っている。だが、院内で手術ミスや医療事故を起こした事実はなかったと報告されている。

「おれはさっきから、植草の息子がなんで二代目院長にならなかったか考えてたんだよ。おそらく、『城南医療センター』を継《つ》ぎたくても継げない理由があったんだろう」

鷲津が言った。

「健全経営だったようだから、金銭的な理由じゃないはずだ」

「ああ、それはないな。やはり、考えられるのは医療ミスだろう」

「しかし、別働隊の聞き込みによると、医療事故はなかったと……」

「病院ぐるみで医療ミスを隠蔽《いんぺい》したんじゃないかと思うよ」

「鷲津《ワシ》、それだったら、何も廃院にすることはないはずだ。院長以下医療スタッフが口裏を合わせて、ミスを認めなければいいわけだからな」

「医療スタッフの中に裏切り者がいて、植草院長を脅迫したんだろう。そいつが須磨さつきと考えれば……」

「彼女が『コロニーサンライズ』の開業資金や運転資金を脅し取ったことの説明がつくな。しかし、別に廃院にすることはないよな？」

「単なる手術ミスや医療事故じゃなかったのかもしれない。植草誠一は医者として絶対にやってはいけないことをしちまったんじゃないだろうか。たとえば、安楽死とかさ」

「安楽死か」

「ああ。モルヒネの力を借りなければ、末期癌《がん》患者は想像を絶する激痛に襲われるらしい。当の病人も早く楽になりたいと願うだろうし、家族も辛《つら》い思いをするだろう」

「苦しむ入院患者に同情して、安楽死させたドクターが過去に何人かいるな。動機はどうであれ、殺人行為だ」

「そうだな。何年か前に台湾で起こった事件だが、ギャンブルで借金だらけの医者が植物状態の老資産家の若い後妻に頼まれて、故意に入院患者の血圧を下げて殺しちまった」

「植草院長は金に困ってたわけじゃないから、入院患者を安楽死させたんだとしたら、同情からだろう」

「おれも、そう思うよ。動機はどうあれ、人の命を救うドクターが入院患者を殺した罪は重い。植草院長は良心の呵責《かしやく》に耐えられなくなって、『城南医療センター』を畳む気になったんだろう。しかし、廃院の理由を息子の智彦にはついに告げられなかった」

「息子は父親が突然、『城南医療センター』を閉めたことを不審に感じ、何か裏があるかもしれないと元医療スタッフたちに探《さぐ》りを入れた。しかし、院長を追い込んだ須磨さつきに殺《や》られてしまった？」

「ただの推測なんだが、そう考えれば、何もかも説明がつくだろう？」

「そうだな。鷲津《ワシ》、手分けして元病院関係者に電話をしてみよう」

荒巻は提案した。相棒がすぐに同調した。

二人は捜査資料を見ながら、元医療スタッフに電話をかけはじめた。午後一時過ぎだった。

ひとりのドクターを除《のぞ》き、どのスタッフにも連絡がついた。だが、揃《そろ》って院長が安楽死に関わった疑いはないと強く否定した。

死んだ植草の名誉を傷つけたくなかったのか。それとも、院長は潔白なのだろうか。

「手術中だという東都医大の麻酔医の小谷大《こたにだい》に会いに行こう。何時間か待てば、手術は終わるだろう」

鷲津が言って、ソファから立ち上がった。荒巻は同意し、腰を浮かせた。

二人は洋館のポーチからガレージに回り、それぞれの覆面パトカーに乗り込んだ。東都医大病院は千代田区内にある。

目的地に着いたのは、三十数分後だった。

荒巻たちは外科の受付で身分を明かし、来意を告げた。小谷は、まだ手術室にいるらしい。二人は手術室の手前にある待合室で時間を潰《つぶ》した。

手術室のランプが消えたのは、午後二時半過ぎだった。

緑色の手術着姿の小谷は背が低かった。百六十センチもないだろう。四十歳のはずだが、早くも額が大きく後退していた。

「白衣に着替えますんで、屋上でお待ちいただけますか？　周《まわ》りに人がいないほうがいいんでしょうから」

「わかりました」

荒巻は鷲津とともに小谷に背を向け、エレベーターに乗り込んだ。医大附属病院は八階建てだった。

ほどなく荒巻たちは屋上に達した。

高いフェンスが巡《めぐ》らされ、ところどころにベンチが設置されている。車椅子《いす》に乗った老女が金網越しに遠くを眺めていた。ほかに人の姿は見当たらない。

荒巻たちは給水タンクの近くにあるベンチに並んで腰かけた。

十分ほど待つと、白衣姿の小谷がやってきた。荒巻と鷲津はベンチから立ち上がった。

「なんの聞き込みなんでしょう？」

小谷が荒巻に問いかけてきた。

「『城南医療センター』が廃院になったのは、なぜなんですか？　経営はうまくいってたようですが」

「ええ、そうですね。しかし、植草院長は夫人が亡《な》くなってから、かなり塞《ふさ》ぎ込んでたんです。はっきり言って、うつ病でした。だから、仕事に対する情熱も消えてしまったんでしょうね」

「しかし、ひとり息子の智彦さんは勤務医をしてらした。わざわざ病院を潰す必要はないでしょう。息子さんも将来は、二代目院長になるつもりだったんじゃないのかな？」

「そうなんでしょうが……」

「単刀直入にうかがいます。院長だった植草誠一さんは、医者としてしてはいけないことをしてしまったんじゃないですか？」

「もう少し具体的におっしゃっていただけませんかね」

「わかりました。植草さんは激痛や不眠に耐えられなくなった入院患者に同情して、安楽死させてやったんじゃありませんか？」

荒巻は一息に言った。小谷が動揺し、視線を泳がせた。

「どうなんです？」

「元ナースの須磨さんがわたしのことを話したんですね？」

「やっぱり、そうでしたか。植草さんは安楽死に手を貸したんですね？」

「だと思います。現場に居合わせたわけじゃないんで、断定はできませんけどね。ですが、わたし、院長先生が筋弛緩剤《きんしかんざい》のアンプルをこっそり持ち去ったのをたまたま目撃してしまったんですよ。そして、院長先生が余命いくばくもない末期癌患者の病室に入っていくところもね。入院されてた八十三歳の男性は、数時間後に亡くなりました。死亡診断書は、院長先生が自《みずか》らお書きになったんです。亡くなられた方は元大学教授で、とってもプライドが高かったんですよ」

「植草さんはつい同情して、その患者を楽にしてやったんですね？」

「繰り返しますが、断言はできません。ただ、院長先生が筋弛緩剤のアンプルを破損したと記述してる点も疑惑の材料になると思ったことは確かです」

「植草さんが余命いくばくもない入院患者を安楽死させたことは、ほぼ間違いないでしょう」

「ええ、多分ね。わたしはそのことを自分の胸に仕舞《しま》っておくことが苦しくなって……」

「須磨さつきに話したわけだ？」

鷲津が口を挟《はさ》んだ。

「そうです。わたしと彼女は職場でちょっと浮いてたんで、何となく話をすることが多かったんですよ。わたしは外見が冴《さ》えないし、人づき合いも苦手なんです。須磨さんは物事をはっきり言うタイプだったから、同僚に敬遠されてたんですよ」

「安楽死のことを話したら、さつきはどんな反応を示したのかな？」

「すごく驚いた様子でしたね。ここだけの話ですが、幼いころに父親を亡くした須磨さんはちょっとファザコンらしくて、院長先生に好意を持ってたようなんです。慰安旅行のときに院長先生の部屋に押しかけて抱きついたことがありました。彼女、だいぶ酔ってましたけどね。でも、院長先生は愛妻家でしたから、須磨さんのことなんか眼中になかったでしょう」

「それで、愛情が憎しみに変わったのか」

「えっ、どういうことなんです？」

「須磨さつきは四年前に『城南医療センター』を退職してから、福祉ビジネスに乗り出した。その開業資金は、植草誠一から脅し取ったんじゃないのかな？　安楽死のことを強請《ゆすり》の材料にしてね」

「あっ」

　小谷が口に手を当てた。

「何か思い当たったようだな」

「ええ、まあ。須磨さんは退職する少し前にフランス料理をご馳走《ちそう》してくれて、ロレックスの腕時計をプレゼントしてくれたんですよ。職場で浮いてた自分に優しく接してくれたお礼だと言ってましたが、あれは……」

「恐喝材料を提供してくれた礼だったんだろうね」

「それじゃ、彼女は安楽死の件で院長先生から口止め料をせびってたんでしょうか？」

「そう考えてもいいだろう。さつきは数億円を植草誠一から脅し取って、その金で『コロニーサンライズ』を興《おこ》したにちがいない」

「院長先生は全財産を毟《むし》り取られると思って、絶望的になったんでしょうか？」

「いや、そうじゃないと思う。植草は入院患者を安楽死させたことを永久に封印したくて病院を畳み、息子を二代目院長にすることを断念したんだろうね」

「そうなんでしょうか」

「植草はドクターだったんだから、その気になれば、脅迫者の須磨さつきを薬殺することもできたはずだ。自分が手を汚さなくても、金で殺し屋を雇うことも可能だったろう。どちらも選ばなかったのは、医師でありながらも人殺しをしてしまった自分の罪を死で償《つぐな》いたかったからにちがいない」

「院長先生だったら、そう考えるかも知れませんね。わたしはなんてことをしてしまったんだ。安楽死のことを須磨さんに話さなければ……」

　小谷が薄い頭髪を掻《か》き毟《むし》った。鷲津がベンチに腰を落とした。

「須磨さつきは会社の運転資金に困って、高利回りで釣り、高齢者たちから二十七億円も騙《だま》し取った疑いがあるんです」

　荒巻は小谷に言った。

「いわゆる投資詐欺を働いたんですね？」

「そうです。それで、彼女は兵庫県警の捜査二課に追われてるんですよ。しかし、女社長は逃亡したみたいなんです。盛岡に『コロニーサンライズ』の老人ホームがあって、そのあたりに潜《ひそ》んでる可能性があるんですが、老人ホームには立ち寄ってないんですよ」

「そうなんですか」

「潜伏場所に心当たりはありませんかね？」

「去年の夏に須磨さんから暑中見舞いの葉書を貰《もら》ったんですが、秋田県の男鹿《おが》半島のアトリエでのんびりと油絵を描いてると書いてありました」

「住所は？」

「番地は書かれてませんでしたが、確か〝鵜《う》ノ崎《さき》にて〟と記されてましたよ。ひょっとしたら、そのアトリエというか、別荘に身を隠してるのかもしれませんね」

「行ってみましょう。それはそうと、院長のひとり息子の智彦さんが去年の二月に北海道で凍死されたことはご存じですよね？」

「新聞で知って、びっくりしましたよ」

「智彦さんは凍死に見せかけられて殺されたのかもしれないんです」

「ほんとですか⁉」

小谷の声は裏返っていた。

「おそらく、そうなんでしょう。きっと智彦さんは、『城南医療センター』の廃院と父親の自殺に納得できないものを感じてたはずです。何か裏事情があったと推測して、独自に調査してたとも考えられるんですよ」

「そういえば、一年半ほど前に智彦さんがここに訪ねてきて、かつての職場に何かトラブルがあったはずだと詰め寄られたな。揉《も》め事などなかったと答えたら、なんだか不満そうでした。そのときの口ぶりですと、彼は『城南医療センター』で働いてた全スタッフを訪ね歩いてるようでしたね」

「当然、須磨さつきにも会いに行ったんだろうな」

「だと思います。そうそう、ここに来た翌月でしたか、智彦さんから電話がかかってきたんですよ。それで、『親父と元看護師の須磨さんは特別な関係だったんですか？』と訊かれました。わたしは、すぐに二人はそういう間柄じゃないと否定しましたけどね。智彦さんは、なんか合点がいかなかった様子でした」

「十年ほど看護師をやっただけで、福祉ビジネスに乗り出せるほどの貯《たくわ》えがあったとは思えなかったんでしょう」

「そうなんでしょうね。あなたがおっしゃるように、智彦さんは凍死に見せかけて殺されたのかもしれないいな」

「そう思われた理由は？」

「相手の名前や職業はわかりませんけど、院長先生から聞いた話ですと、智彦さんには相思相愛の仲の女性がいたようなんです。そうした彼女がいるのに、自殺するわけないなと思ったわけです」

「恋人がいたんだったら、いよいよ他殺の疑いが濃くなってきたな。それはそうと、須磨さつきは四十絡《がら》みの男と親しくつき合ってるようなんですが、誰か思い当たりませんか？」

「さあ、わかりませんね。東京で暮らしてたころは特定の彼氏はいなかったようですよ」

「そうですか。役に立つ話を聞かせてもらって、ありがとうございました」

「どういたしまして。では、わたしはこれで……」

小谷が一礼し、歩み去った。彼の姿が見えなくなると、鷲津がベンチから立ち上がった。

「荒巻《アラ》、電車に飛び込んだ植草誠一が元大学教授を安楽死させたことは間違いないよ。その話を小谷から聞いた須磨さつきが植草から事業資金を脅し取ったこともな」

「ああ、そうだな。それから、植草智彦が自分の父親を死に追い込んだのは元看護師の須磨さつきだと見当をつけて、彼女の身辺を嗅《か》ぎ回ってたことも」

「そうなんだろう。だから、植草智彦は若死にすることになったんだと思うよ。荒巻《アラ》、無駄足になるかもしれないが、これから男鹿半島に行ってみようや」

「そうしよう」

荒巻たちはエレベーターに乗り、一階ロビーに降りた。

函《ケージ》を出た直後、鷲津が訝《いぶか》しげな顔つきになった。荒巻は相棒の視線をなぞった。その先には、天童麻美がいた。道岡弁護士の秘書を務《つと》めていた女性である。

「誰かを捜してるようだな」

「ちょっと声をかけてみるか」

鷲津が言って、足を速《はや》めた。そのとき、急に麻美が医大病院から走り出た。

——彼女はおれたちの姿に気づいて、逃げたんだろうか。いや、思い過ごしだな。多分、元弁護士秘書は、連れとはぐれただけなんだろう。

荒巻は相棒を呼びとめた。

4

尾《つ》けられているようだ。

後続のオフブラックのレジェンドは、八郎潟《はちろうがた》調整池のある潟上《かたがみ》市から追尾《ついび》してきた。

ドライバーは男だ。しかし、暗くて年恰好《としかっこう》は判然としない。

鷲津は少し減速した。

ジープ・チェロキーは、男鹿市の船川港を通過したばかりだった。午後九時半を過ぎていた。対向車は、めったに通りかからない。

助手席には、荒巻が坐っている。相棒のフーガは東都医大病院の駐車場に置いてある。二台の覆面パトカーで動くと、どうしても目立ってしまう。そこで、鷲津は自分の車に荒巻を同乗させたわけだ。

相棒は、スポーツインストラクターの久住の携帯電話を手にしていた。東京を発《た》ってから、五十回以上はリダイヤルキーを押している。だが、ずっと須磨さつきの携帯は電源が切られていた。

「女社長は警戒して、絶対に電話に出ないようにしてるんだろう」

荒巻が呟《つぶや》いた。秋田県に入る前に、岩手県盛岡市郊外にあるケア付き老人ホームをこっそりと覗いてみた。しかし、逃亡中の女社長はどこにも潜《ひそ》んでいなかった。

「この道を直進すれば、鵜ノ崎の集落があるはずだ」

鷲津は言った。

「さつきがアトリエを兼ねたセカンドハウスにいてくれることを祈りたいな」

「いると思うよ。別所春乃が犯人隠匿罪になることを覚悟で、女社長をかばう理由はないだろうから」

「ま、そうだな。さつきは自分が全国指名手配されたら、国外逃亡を図るつもりなのかもしれない」

「そうはさせないさ。荒巻《アラ》、さつきがセカンドハウスにいても、すぐに踏み込むのはやめよう」

「被疑者が正体不明の四十男と接触するかもしれないからだな？」

「そうだ。謎の人物の正体がわかったら、二人を追い込もう」

「その男が須磨さつきを脅迫してたとしたら、女社長の投資詐欺のことをどうして知ったのかね。虎の子を『コロニーサンライズ』に騙《だま》し取られた出資者が弁護士に救いを求めたんだろうか。その相手は、悪徳弁護士だった。だから、さつきが出資者たちから集めた二十七億円の何割かを横奪《ど》りしたのかもしれないな」

「確かに悪徳弁護士はいるよな。毎年、数十人が悪さをして、資格を剝奪《はくだつ》されてる」

「世の中の連中は、すべての弁護士が高収入を得てると思い込んでるが、彼らの平均年収は六百四、五十万円だったはずだ」

「そうだな。人口の少ない田舎町で弁護士をやってる奴は依頼人がめったにいないんで、生活保護を受けてるらしいよ」

「それほど暮らしが厳しかったら、つい悪事に走ってしまうかもしれないな。あっ、もしかしたら、東都医大で見かけた天童麻美は謎の男の協力者なのかもしれないぞ」

「荒巻《アラ》は美人には何かと点数が辛《から》いが、道岡の元秘書はそんな悪女じゃないよ。ちょっと不審な点がなくもないがな」

「不審な点？」

「ああ。麻美は失踪《しっそう》した嘱託調査員の文珠惣司の足取りを追って西日本一帯を回ったはずなんだが、なぜか、そのことに触れなかった。おれは、そのことをちょっと不審に思ってたんだ。神戸で何も手がかりを得られなかったという点にも少し引っかかるね。秘書なのに調査員の文珠の住所も知らなかった。不自然とは思わないか？」

「確かに妙だな。謎の男が悪徳弁護士じゃないとしたら……」

「警察や地検に投資詐欺の被害者が泣きついたとも考えられるな。しかし、捜査に乗り出さずに女社長の上前《うわまえ》をはねる気になった。警察官や検事の中にも、悪い人間はいるからな」

「残念なことだがね。一般市民の多くは、警察を敬遠する傾向がある。それを考えると、投資詐欺に遭《あ》った被害者の誰かが神戸地検か、大阪地検の刑事部に女社長を摘発してほしいと訴えたのかもしれないな」

「荒巻《アラ》、その可能性はありそうだぜ。検事も出世コースから外されると、地味な仕事を与えられる。来る日も来る日も市民から寄せられた告発や密告の手紙を読まされて、内偵捜査の必要のある事案《じあん》を選んだりしてる」

「そうだな。出世欲の強い検察官なら、退屈な職務に腐って、別の生き方をしたくなるかもしれない。しかし、検事の俸給はそれほど高くないから、何か起業する資金もないわけだ。告発状から犯罪の事実を知って、その加害者に口止め料を要求する検事もいそうだ」

　荒巻が言った。

「そうなのかもしれないぜ。さっきが会ってたという四十年配の男は、地検の検事か検察事務官とも考えられるな」

「国民の税金で喰《く》わせてもらってる公務員が女社長から金を脅し取ってたんだったら、絶対に赦《ゆる》せないな。そんな奴は人間の屑《くず》だ。蛆虫《うじむし》以下だよ」

「ほんとだな」

　鷲津は相槌《あいづち》を打った。

　会話が途切《とぎ》れたとき、相棒の懐で携帯電話が鳴った。ディスプレイに目を落とした荒巻の目尻が下がる。発信者は新大阪テレビの報道記者だろう。

　鷲津はミラーを仰《あお》いだ。怪しいレジェンドは一定の車間距離を保《たも》ちながら、ジープ・チェロキーを追ってくる。

　荒巻は何度か驚きの声をあげ、ほどなく通話を切り上げた。

「三上由里菜からの電話だな？」

「おい、彼女のことを呼び捨てにするな。鷲津《ワシ》の女友達じゃないんだ」

「そんなことより、何か耳寄りな話だったのか？」

「ああ。正体不明の脅迫者は、大阪地検刑事部の検事なのかもしれない。きょう、『コロニーサンライズ』に老後の資金のほとんどを騙《だま》し取られた吹田《すいた》市在住の老夫婦が新大阪テレビの報道部を訪ねたらしいんだが、その夫は一年数カ月前に大阪地検刑事部宛に告発状を出したというんだよ。しかし、梨《なし》の礫《つぶて》だったらしいんだ」

「それで、老夫婦はテレビ局の力を借りる気になったわけか」

「ああ。三上さんは、早速、大阪地検に出向いたそうだ。刑事部には、ちょうど四十歳の景山《かげやま》恭吾《きようご》という検事がいるらしい。その景山は二年前まで東京地検特捜部のエリート検事だったみたいなんだが、見込み捜査でポカをやって、大阪地検刑事部に飛ばされたという話だったんだ」

「その景山は刑事部で何をやってるんだって？」

「事件係担当で、告発状に目を通して、捜査対象の事案を選び出してるらしい。景山はまだ独身で官舎住まいなんだが、半年ほど前に芦屋《あしや》の豪邸を五億円で購入したというんだ。土地と建物は母親名義になってるそうだがな」

「荒巻《アラ》、その検事が女社長の上前をはねてたんじゃないのか。おそらく十億円以上の金を須磨さつきから脅し取ってるんだろう。いや、二十億前後せしめたのかもしれないな。女社長は『リセット・ファイナンス』の負債を未《いま》だに完済してないんだ。景山って野郎にたっぷり吸い取られたからだろう」

「そうなのかもしれない。鷲津《ワシ》、景山が身の破滅を恐れて、道岡弁護士と調査員の文珠惣司を殺し屋《プロ》に始末させたんだろうか。それから、植草智彦も凍死に見せかけて……」

「それは、まだ何とも言えないな。景山が女社長に命じて、道岡、文珠、植草智彦、岸部春生を殺《や》らせたとも考えられるし、さつき自身が自発的に四人を殺し屋に片づけさせた可能性もあるから」

「そうだな」

「だいぶ前から後ろのレジェンドが気になってたんだが、ハンドルを握ってるのは大阪地検の景山って奴なのかもしれない」

「尾行されてたのか⁉」

「荒巻《アラ》、振り向くな」

鷲津はぐっとスピードを落とした。後続のレジェンドも減速した。ナンバープレートに〝わ〟の文字が見える。レンタカーだ。

鷲津は夜の海を眺める振りをして、車を路肩《ろかた》に寄せた。

海岸道路の左側に見える墨色《すみいろ》の海原《うなばら》は闇と溶け合っていた。はるか遠くに漁火《いさりび》が幾つか見える。

レジェンドが急に脇道に入った。

鷲津は覆面パトカーをUターンさせ、レンタカーを追跡した。レジェンドは、だいぶ遠ざかっていた。尾灯《テールランプ》が点のように小さい。

鷲津は猛然と追った。

じきに舗装道路は砂利道《じゃりみち》に変わった。その先は未舗装だった。

でこぼこ道の両側には、うっそうとした森が拡《ひろ》がっている。巨大な影絵のようで、あたりは漆黒《しっこく》の闇だった。

やがて、レジェンドが見えてきた。ヘッドライトの光輪が大きく揺れている。

「威嚇《いかく》射撃するぞ」

荒巻が助手席側のパワーウインドーを下げ、片腕を窓の外に突き出した。握っているのは、イタリア製の自動拳銃だった。

荒巻がベレッタ92ストックの引き金を絞った。一発目はレジェンドの屋根《ルーフ》の上を通過したが、二発目がリアバンパーを掠《かす》めた。小さな火花が散った。

レンタカーのヘッドライトが消された。無灯火では長くは走行できない。どうやらレジェンドの運転者は、森の中に逃げ込む気になったようだ。

鷲津はライトをハイビームに切り替えた。光はレジェンドに届いた。レンタカーが急停止した。

四十年配の男が運転席から飛び出し、右手の森の中に走り入った。

鷲津は覆面パトカーを停めた。荒巻が先に車を降りた。鷲津も外に出て、ベルトの下からサイレンサー・ピストルを引き抜いた。

二人は森の中に躍《おど》り込んだ。

真っ暗だった。しかし、次第に目が暗さに馴《な》れてきた。

鷲津たちは二手に分かれ、森の奥に進んだ。

耳をそばだててみたが、不審者の足音は聞こえない。景山と思われる男は、どこかに身を潜《ひそ》めているようだ。

「照明弾を使うか」

鷲津はわざと大声で相棒に言って、闇を透《す》かして見た。

すると、二十数メートル先の灌木《かんぼく》がかすかに揺れた。鷲津はマカロフＰｂの引き金を勢いよく絞った。

繁《しげ》みの小枝が弾《はじ》け飛んだ。ほとんど同時に、黒い人影が動いた。

「いたぞ。こっちだ！」

鷲津は荒巻に伝え、逃げる男を追った。

走る足音が数分つづき、また森の中は静かになった。レジェンドを乗り捨てた男は、太い樹木にへばりついたのか。

「大阪地検の検事殿、どこに隠れてるんだっ。あんた、景山恭吾だよな？」

荒巻が言いながら、近づいてきた。

鷲津は、ふたたび発砲した。樹皮が吹き飛んだ。だが、逃げた男は動かない。

「おれは背後に回り込むよ」

荒巻が小声で言い、大きく迂回《うかい》しはじめた。

鷲津は動かなかった。ゆっくりと屈《かが》み込み、地面に耳を近づける。しかし、人の足音は聞こえない。

「もう観念しろ。おれたちは、そっちが須磨さつきを強請《ゆす》った証拠を押さえてるんだ」

鷲津は叫んだ。むろん、はったり《ブラフ》だった。

「往生際が悪いな。兵庫県警の捜二が女社長の身柄《ガラ》を押さえりゃ、そっちももう終わりだぜ」

「……………」

「おれたちは、あんたが二億円ぐらい吐き出してくれりゃ、何も見なかったことにしてやってもいいんだ。別に芦屋の豪邸を寄越《よこ》せなんて言わないよ」

「……………」

なんの反応もなかった。

「裏取引に応じる気がないんだったら、仕方ないな」

鷲津は弾倉が空になるまで撃ちまくった。息を殺している相手が怯《おび》えて姿を現わすことを期待したのだが、それは虚《むな》しかった。

予備のマガジンクリップをマカロフＰｂの銃把の中に押し込んだとき、数十メートル先で人影が動いた。

「両手を高く挙げろ！」

「鷲津《ワシ》、撃つな。おれだよ」

荒巻がそう言いながら、ゆっくりと歩み寄ってきた。

「対象はどこにもいなかったのか？」

「ああ。多分、横に移動したんだろう。しかし、この森のどこかに隠れてるにちがいないよ」

「作戦を変えよう。諦《あきら》めて引き揚げたと見せかけるんだ」

鷲津は相棒に耳打ちし、体を反転させた。

二人は森から出て、ジープ・チェロキーに戻った。

鷲津は車を七、八十メートル、バックさせた。ライトを消し、エンジンを切る。五分ほど時間を遣《や》り過ごしてから、鷲津は荒巻とともに車を降りた。

足音を忍ばせながら、道を逆戻りする。レジェンドは同じ場所に駐《と》めてあった。

鷲津たち二人は森に接した繁みの中に身を潜《ひそ》めた。

十分が流れ、二十分が経過した。しかし、景山と思われる怪しい男は森の中から出て来ない。

「村道と並行する形で森を横切って、車道まで逃げたのかもしれないな」

荒巻が言った。

「そうだとしたら、逃げた奴は何らかの方法で女社長のアトリエを兼ねたセカンドハウスに行くだろう。そして、さつきと一緒にひとまず逃《フ》げ《ケ》るんじゃないのか？」

「考えられるな。鷲津《ワシ》、鵜ノ崎に行こう」

「ああ」

二人は林道を下《くだ》って、ジープ・チェロキーに戻った。

鷲津は運転席に入ると、まず車首の向きを変えた。海岸道路を右折し、先を急ぐ。

数キロ走ると、目的の集落に着いた。道路際《ぎわ》から丘まで、民家が点在している。

集落の外れに、小さなスーパーマーケットがあった。店頭の自動販売機の前に十六、七歳の少年たちが固まっている。四人だ。

「この近くに、アトリエ風の別荘があると思うんだが、知らないかい？」

鷲津は車を停め、少年たちに声をかけた。

と、茶髪《ちゃぱつ》の少年が口を切った。

「ここらに、そげな洒落《しゃれ》た家さないけどな」

「古い民家なのかもしれない。関西弁の女が別荘代わりに使ってると思うんだが……」

「ああ、わがった。その家なら、もう少し先にあるバス停の斜め後ろに建ってる古民家だ。確か須磨とかって表札が出てたな。そこだんべ？」

「サンキュー！」

鷲津は礼を言って、すぐさま覆面パトカーを走らせた。一キロほど進むと、バス停があった。

ジープ・チェロキーをバス停の数十メートル手前に駐《と》め、鷲津たちは女社長のセカンドハウスに向かった。

古民家には、電灯が点《つ》いていた。門に近づくと、玄関から見覚えのある女が飛び出してきた。天童麻美だった。ブラウスの肩のあたりが赤い。血だ。

「須磨さつきに怪我をさせたのか?」

鷲津は、元弁護士秘書の前に立ちはだかった。

「わたし、何もしてません。道岡先生や文珠さん、それから婚約者だった植草智彦さんを誰かに殺させたのは『コロニーサンライズ』の社長かもしれないと思って、須磨さんに直《じか》に訊《き》いてみるつもりだったんです。でも、彼女は上がり框《かまち》で死んでたんですよ。頭を撃たれてました」

麻美がそう言い、よろめいた。めまいに襲われたようだ。荒巻が麻美の体を支《ささ》えた。

「ここは、おれに任せてくれ」

「頼む」

鷲津は古民家の広い玄関に足を踏み入れた。

スモック風の上《うわ》っぱりを着た女社長は、横向きに倒れていた。頭の半分が吹っ飛ばされていた。血溜《だ》まりは、まだ凝固《ぎょうこ》していない。射殺犯は玄関の三和土《たたき》に入るなり、さつきに銃弾を浴びせたのだろう。

鷲津は、さつきの右手首に触《ふ》れた。脈動は熄《や》んでいたが、温《ぬく》もりは伝わってきた。

射殺犯が、まだ家の中にいるかもしれない。

鷲津はサイレンサー・ピストルを握り、上がり框に上がった。

すぐ横に板張りの部屋があった。画架《イーゼル》の上には、描きかけた油彩画が掛かっていた。風景画だった。

アトリエには誰もいなかった。

鷲津は廊下を進み、二間続きの和室に入った。次の瞬間、床の間の陰から四十絡《がら》みの男が現われた。ノーリンコ54を両手保持で構えていた。

銃口が上下に揺れている。沈着さを失っている証拠だ。

「大阪地検の景山恭吾だな？」

鷲津は確かめた。

「そうだ。須磨さつきを亡《な》き者にしなかったら、わたしの人生は暗転してしまうからな。東京地検の特捜部検事だったわたしが大阪地検で冴《さ》えない仕事をやらされてたんだ、二年間もな」

「刑事部に届いた告発状で、須磨さつきの投資詐欺のことを知って、女社長を強請《ゆす》ってたんだな？」

「そうだよ。わたしは検事生活におさらばして、ロースクールの経営に携《たずさ》わりたかったたんだ」

「女社長から、どのくらい脅し取ったんだ？」

「十五億円だよ。ロースクールのほかに、巨大国際弁護士事務所も設立する予定なんだ」

「てめえの悪事が露見することを恐れて、須磨さつきに道岡弁護士や調査員の文珠を始末させろと命じたのか？」

「そうじゃない。道岡、文珠、植草智彦、それから岸部春生の四人は、さつき自身が保身目的で犯罪のプロに殺《や》らせたんだよ。実行犯は裏社会の人間らしいが、どこの誰かは知らない。わたしは顔見知りの極道からノーリンコ54を手に入れて、さつきの口を封じただけだ」

「そうだったのか」

「森の中で言ってた裏取引に応じてもいいよ。いくら欲しいか言ってくれ。わたしが葬《ほうむ》ったのは、強欲な女詐欺師だけだ。ある意味では、いいことをしたとも言えるだろう？」

景山が言った。

「何様のつもりなんだっ。てめえも女社長と変わらない。年寄りたちの虎の子をまんまとせしめて、なんの罪の意識も持ってないんだからな」

「被害者たちがとろいのさ。連中は欲をかいたから、罰《ばち》が当たったんだよ」

「そっちは人間失格だな」

鷲津は景山の顔面に銃弾を撃ち込んだ。

景山はノーリンコ54を握りしめたまま、畳の上に仰向けに倒れた。目は虚空《こくう》を睨《にら》んでいた。鷲津は死体に歩み寄り、残弾をすべて浴びせた。畳の血溜《だ》まりが急速に拡《ひろ》がりはじめた。

――最近は拝金《はいきん》主義者がやたら多くなったが、麻美みたいにまっすぐ生きてる者もいるんだ。人間、捨てたもんじゃないな。

鷲津はマカロフPbをベルトの下に突っ込み、拡散《かくさん》する硝煙を手で振り払った。

足許から、濃い血臭《けっしゅう》が立ち昇ってきた。

鷲津は廊下に足を向けた。

著者注・この作品はフィクションであり、登場する人物および団体名は、実在するものといっさい関係ありません。

注・本作品は、平成十九年五月、徳間書店より刊行された、
『特捜指令荒鷲　射殺回路』を改題し、著者が大幅に加筆・修正したものです。

# 一〇〇字書評

切・り・取・り・線

**購買動機**（新聞、雑誌名を記入するか、あるいは○をつけてください）

□（　　　　　　　　　　　　　）の広告を見て
□（　　　　　　　　　　　　　）の書評を見て
□ 知人のすすめで　　　　　□ タイトルに惹かれて
□ カバーが良かったから　　□ 内容が面白そうだから
□ 好きな作家だから　　　　□ 好きな分野の本だから

・最近、最も感銘を受けた作品名をお書き下さい

・あなたのお好きな作家名をお書き下さい

・その他、ご要望がありましたらお書き下さい

| | | | | | |
|---|---|---|---|---|---|
| 住所 | 〒 | | | | |
| 氏名 | | 職業 | | 年齢 | |
| Eメール | ※携帯には配信できません | 新刊情報等のメール配信を 希望する・しない | | | |

この本の感想を、編集部までお寄せいただけたらありがたく存じます。今後の企画の参考にさせていただきます。Eメールでも結構です。

いただいた「一〇〇字書評」は、新聞・雑誌等に紹介させていただくことがあります。その場合はお礼として特製図書カードを差し上げます。

前ページの原稿用紙に書評をお書きの上、切り取り、左記までお送り下さい。宛先の住所は不要です。

なお、ご記入いただいたお名前、ご住所等は、書評紹介の事前了解、謝礼のお届けのためだけに利用し、そのほかの目的のために利用することはありません。

〒一〇一‐八七〇一
祥伝社文庫編集長　坂口芳和
電話　〇三（三二六五）二〇八〇

祥伝社ホームページの「ブックレビュー」からも、書き込めます。
http://www.shodensha.co.jp/bookreview/

祥伝社文庫

特捜《とくそう》指令《しれい》　射殺《しやさつ》回路《かいろ》

平成26年12月20日　初版第1刷発行

著　者　南《みなみ》　英男《ひでお》

発行者　竹内和芳

発行所　祥伝社《しようでんしや》

東京都千代田区神田神保町3-3
〒101-8701
電話　03（3265）2081（販売部）
電話　03（3265）2080（編集部）
電話　03（3265）3622（業務部）
http://www.shodensha.co.jp/

印刷所　図書印刷
製本所　図書印刷
カバーフォーマットデザイン　芥　陽子

 ISBN978-4-396-34081-0 C0193